河出文庫

もうひとつの街

M・アイヴァス
阿部賢一 訳

河出書房新社

目次

もうひとつの街

第1章　菫色《すみれいろ》の装丁が施された本

カルロヴァ通りにある古本屋で、私は、本の背が並ぶ書棚のまえを行ったり来たりしながら、硝子張《がらすば》りのショーウインドー越しに時折外を見た。雪がはげしく降っていた。私は本を手にしたまま、聖サルヴァトーレ教会の壁のまえで雪が渦巻いていく様子を硝子越しに注視していた。視線を本に戻し、本の香りをすっと吸い込みながら、ページというページに眼をやり、文章の断片を読みふけった。文脈から抽出されたせいだろうか、断片は不可思議な眩《まばゆ》い光を放っていた。とくに急いでいるわけではなかったので、夢のなかで寝息を立てているような、ページがめくられる音を耳にしながら、古書の心地よい香りがただよう、静かで暖かい場所に留まっていられる幸せを嚙《か》みしめていた。黄昏《たそがれ》の吹雪のなかに足を踏み入れる必要がなかったのは喜ばしいことだった。

書棚に並べられた本の背の波をゆっくりと指で触れていくと、国家経済を論じたフランス語のぶあつい分冊と『牛と馬の助産術』という書名の背が剝《は》がれかかっている本のあいだにできた暗い窪《くぼ》みに、すっと指が入り込んでしまった。その奥で指が触れたのは、とてつもなく滑らかな本の背だった。濃い菫色《すみれいろ》のビロードで装丁された本を思い切って書棚の奥から取り出してみたものの、本には、書名も、著者名も記されていなかった。開いてみると、そこには、見たことのない文字が印字されていた。あまり深く考えることなく、ページをめくったり、見返しのアラベスクのねじった文様をしばらく眺めていると、文様は雪の渦のように思えてきた。私は本を閉じ、二冊の学術書のあいだの、元あった場所に戻した。二冊の本は、一息つこうとしていたのか、本が抜かれて生じた隙間をすでに埋めていた。奥にある書棚に向かおうとしたが、私はすぐに立ち止まって踵《きびす》を返し、もういちど菫色のビロードの本に手を伸ばし、本の列から斜めにすこし突き出た本をしばし触っていた。いつものように、本の列を平らに均《なら》し、ほかの本を手に取って、吹雪のなか、小路を通って家路に就《つ》くのはたやすいことだった。だが、そういうとき、なにか特別なことが起きはしない。想い出すこともなければ、忘れてしまうこともない。けれども、本に印刷された文字はこの世のものではないことに私は気がついてしまった。不穏でありながらも魅力的な息吹を発している裂け目を見過ごしてしまい、新しい結びつきを紡《つむ》ぐ網を放置するのはたやすいことだった。このような出会いは初めてではなかった。どこかに通じているはずの半開きになっている扉のなかに足を踏み入れずに通り過ぎてしまったことは、これまでに何度もあったにちがいない。見知らぬ建物のひんやりとする廊下や中庭、あるいは街はずれのどこかで。この世の境界は遠くにあるわけでも、地平線や深淵で広がっているわけでもなく、ごく身近な場所でかすかな光をそっと放っている。私たちが接している空間のはずれの暗がりのどこかにあるはずだが、自分では意識しないものの、つねに眼のふちでしか世界を見ていない私たちはほかの世界を見過ごしている。私たちが歩いているのは岸辺や原生林のはずれでしかなく、その私たちの振る舞いが隠れた空間を含む全体から浮いてしまっているので、隠れた空間にひそむ闇の生をかえって目立たせているかのようだ。けれども、波のざわめきや動物の甲高い声といった、私たちの言葉に不安そうに連れ添っているもの（また、それらの音が生まれる謎の場所）に私たちが気づくことはなく、見知らぬ土地の片隅できらめく宝石に気づくこともない。というのも、たいていの場合、私たちが一生のあいだに道を外れることはいちどたりともないのだから。はたして、私たちがたどりつくはずのジャングルの黄金の寺院はどのようなものなのだろうか？　私たちが戦うのは、どういった動物で、どのような化け物なのか？　計画や目的を忘れさせてくれる島は、どういうものだろうか？　そんなことを考えたのは、雪の幻影が硝子の向こう側で踊る姿に魅了されたせいかもしれない。あるいは、境界を越えてしまうことに昔から及び腰になり、恐怖心に打ち勝つことなどなく、習慣的な沈黙に甘んじてしまうという、ここ数年敗北を重ねてきた運命に対する反発かもしれなかったが、私は、本を手に取ってふたたびページを開き、丸味を帯びながらも先端が尖《とが》っている、よそよそしい文字を眺めた。文字の形は、完全に閉じられているのか、あるいは閉じつつあるのか、痙攣《けいれん》して締めつけられ、髪が逆立っているようにも見えた。外から内に入り込んだ尖った楔《くさび》で力強く剝がされている文字があったかと思うと、内からの圧力でパンパンになり丸く膨らんでいるように見える文字もあった。支払いを済ませると、私は本をポケットに入れ、店をあとにした。外はもうすっかり暗くなっていて、街灯の光に照らされた雪が舞っていた。

帰宅してから、窓に面した机のランプを点けて腰かけると、私は本を舐めるようにじっくりと見た。ゆっくりページをめくると、ランプが作る光の円のなか、暗い水溜りから漂流してきたかのように、ページが、一ページ、一ページと姿を現した。すこし尖った丸い文字の列が、魔法のネックレスのチェーンのようにページに横たわっていた。ページに浮かび上がる文字は息吹を発し、そこには、ジャングルや茫洋としながらも錯綜する都市の暗い物語が蠢《うごめ》いていた。しばらくすると、物語のイメージが閃光を放ったように思えた。奇妙な異端者の手に負えない弟子の邪悪な顔、夜の宮殿の奥からそっと忍び寄る獣の足音、ゆったりとした絹地にシルエットのように浮かび上がる不安そうな手の動き、庭園の茂みにひっそりとたたずむ欄干《らんかん》の破損した石片。そのうち、本にはエッチングの挿絵が何枚かあることに気がついた。一枚目の挿絵は巨大な広場を映し出し、周りにはなにもなかった。夢想的なシンメトリーが広場を支配し、目眩《めまい》をおぼえるほど傾斜しているチェスボードの枡目《ますめ》が遠近法によって描かれていた。広場の中央にはオベリスクが聳《そび》えていて、土台には表面が滑らかな多面体の石が置かれていた。オベリスクの両側には三段の噴水が置かれていて、大皿から大皿へ水がこぼれ、水面に映る様子は堅牢で不動な物体という印象を呼び起こしていた。挿絵では、広場の三方だけが見ることができ、規則正しく段が積み上げられた階段や単調な高い柱列が並ぶ宮殿正面の建物に囲まれていた。鋭い、短い影だったので、どこか南方の、灼熱の夏の昼下がりの光景であることがわかった。初めのうち、広場にはひとけがないと思っていたが、しばらくして、幾人かの小さな人物がいるのに気づいた。巨大建造物の大きさとは較べられないほどに小さい人物の輪郭は、宮殿両脇の柱廊《ちゅうろう》の影を映す濃い陰影に埋もれていた。左側の宮殿の壁に接する大理石には、若い男が手を広げて坐っていた。虎が男に覆いかぶさり、屈強な前肢で男をつかみ、首に噛みついていた。傷口から噴き出た血は素朴な筆致で描かれ、開いた扇《おうぎ》のようだった。広場の反対側にある宮殿の柱の土台付近では、何人かの男性が心地よさそうにぶらぶら歩いており、パイプをくゆらせたり、トランプで遊んだりしていた。広場の反対側で起きている出来事を知らずにいるのか、あるいは、まったく気にも留めていない様子だった。そのすこし先では、男女が柱のあいだに立っていて、男は、腕を動かしながら、太陽が照りつける広場のなにもない空間の先にいる人喰い虎を指差し、女は、遠くにある柱廊の格間《ごうま》のほうに手を合わせていた。もう一枚の銅版画には、泥まみれの海底にある真珠貝の解剖学的な断面図が描かれ、三枚目の挿絵には、ベルト状の伝動装置や、歯車とパーツが複雑に組み合わさった機械などが描かれ、後者の機械の内側には楔がついていて陰影が入念に描かれていた。

窓に面した机に本を開いたまま置き、私は横になった。目を閉じても、丸く尖った文字が闇のなかゆらゆらと揺れ動いていた。文字は身をよじり、のたうちまわり、街灯の光に照らし出されて、回転していく雪の渦と化していた。自分の部屋に持ち込んだ、まるで鶏の黒い卵のような、見たことも聞いたこともないものに、私は不安をおぼえた。だが、自分にこう言い聞かせることにした。そんな心配は無用にちがいない、私たちの世界に入り込み、これほどまでに不安を駆りたてるこの本は、知らないあいだに、親しみすらおぼえる既知の世界となり、その世界の液に吸収されてしまうことになるかもしれない、と。

真夜中に眠りから覚め、目を開けると、緑がかった淡い光が本の上で揺らめいていた。立ち上がって、机に駆け寄ってみると、光を放っていたのは本のページそのものだった。その淡い光を浴びた雪片は、緑味を帯びながら、ゆっくりと屋外の窓枠に積もりつつあった。

第2章　大学図書館にて

　私は大学図書館に出かけ、あの本について、専門家に訊ねてみることにした。対応してくれた図書館員は屋根裏の一室にいた。天井の低い、横長の部屋では、光の筋が斜めに差し、埃《ほこり》の粒子が回転しているのが見え、テーブルや床には、本の山が不安定に積み上げられていた。私の歩くリズムに合わせて本の山が揺れたが、どうにか通り抜けると、書物机の本の山陰から、四十歳くらいの柔和そうな、丸々とした顔がぬっと姿を見せた。

　古本屋で買った本を見せると、図書館員はしばらく考え込んだ様子で本を見つめていたが、私に本を戻すと、話し出した。「残念だが、この文字は解読できないね。文字を使っていたのがどういう民族かといったことでさえ、わかっていないんだよ。でも、じつは、いちどだけ、この文字に遭遇したことがある。私が大学を卒業して、大学図書館で仕事をするようになったころのことだ。遺産で譲り受けたという書籍の処分を依頼されてね。ある春の日、所有者が亡くなり、遺産相続者もいない住まいの大きな書棚を調べるために、ある家を訪問することになった。仕事が終わった夕方ごろ、スメタナ沿岸の番地と探すべき住民の名前をたよりに出かけてみた。事前に受け取っていた鍵でドアを開け、誰もいない住居の玄関に足を踏み入れると、そこはもう、奢《しゃ》侈《し》な生活がうかがえる、かび臭い悪臭がただよっていた。いくつもある大きな部屋を通り抜けていくと、女性の裸体像、猟犬や馬の小さな鉄像がいたるところに置いてあって、そうかと思うと、クッションが散乱し、寝具のフリルや総《ふさ》はだらりと垂れたままで、ソファカバーもしわだらけで散らかっていた。ある部屋の壁は、床から天井まで硝子張りの本棚で一面が覆われていた。開け放たれた窓からはペトシーンの丘が見え、白い花を咲かせた木々や暗くなった斜面を眺めることができた。ちょうど、展望台の脇に日が沈む時間帯で、黄昏時の紫がかった光が書棚の硝子に差し込んでいた。窓の向かいの壁側に置かれた書棚には、硝子の嵌《は》められていない暗い窪みがあり、鉄の支えの部分が風変わりな人間の形になっている、アール・ヌーヴォー様式の鏡が置いてあってね。笑みを浮かべながら手を広げた女性が直立した官能的な姿で楕円形の鏡を支えていて、鉄製の波打つ髪は外側に突き出ていた。女性は、硬い鉄の波から飛び出ようとしているイルカの屈曲した背に跨がっていたんだ。鏡の隣には硝子のフラスコが三脚に載っていて、透明な液体がなみなみと入っていた」

図書館員は大きな身ぶりをまじえて話をしていたので、机上の本の砂丘が揺れて危なっかしかった。イルカに乗った女性を話題にする際、女性の姿勢を再現しようとし、指先が本の柱に触れてしまい、本の柱は隣の本の柱にぶつかり、ゆったりとした動きが連鎖した。しばらくしてから、幸いなことに、図書館員は生命の宿っている机を静めることができた。「その日最後の日光が差し込む、夕暮れの室内では、革装の背に嵌め込まれたルビーが燦々《さんさん》と硝子戸の奥で輝いていた。けれども、私が硝子戸に触れるやいなや、太陽はペトシーンの丘に沈み、淡く光を放っていた書棚は突如として暗くなってしまった。私は、硝子戸を浅い溝に沿って動かし、ルビーが嵌め込まれた書籍を手にしてみた。電気は止められていたので、その日最後の光にすこしでも当てようとして、戸が開け放たれた窓に本を近づけてみた。本は、精錬された鉄の留め金でとめられていてね、そこには、眼に宝石を嵌めた蛇《へび》が身をよじった姿で描かれていた。留め金を外そうとしたその瞬間、緑のくっきりとした光が、ペトシーンの暗い斜面の木々のあいだに浮かび上がった。単なる偶然だろう、と自分に言い聞かせようとして、留め金をパチンと閉めた途端、今度は、光がすぐさま消えてしまった。留め金を開けると光がまた差すといった具合だった。暗がりの室内で、槍が傾いたかのように、緑の線が光を放ち、その線は向かい側の書棚の硝子に幾重にも、そして無限に反射したので、私は思わず身じろぎ、見とれてしまったよ。部屋の奥にある、イルカに乗った鉄の美女が支えている楕円鏡の中央まで光は到達し、毒を出す硝子のフラスコに反射し、またその内部まで光が届いていた。容器からはぶくぶくと静かな音が聞こえた気もしたけれども、手にしていた本に気をとられていたせいだろう、フラスコ内で生じていることに気を留めなかった。そう、私は、いまあなたが持っている本と同じ文字を目にしたんだ。驚きつつ、見知らぬ文字が刻まれたページをめくることに懸命になり、甘ったるい匂いが室内に広がりつつあることに注意を払わずにいた。そのうち、文字に奇妙な変化が起きはじめていた。筋のようなものが文字の線という線に脈を打ち、そのリズムに合わせて、文字が光ったり、消えたりするようになったんだ。燃えたぎっている石炭にフーフーと規則的に息を吹きかけるのと同じだよ。光が差すたびに、私は、なんとも言えない喜びを感じ、気を失うのではないかと思うほど、鼓動が高まった。けれども、その後、あっという間にすべてが消えてしまい、生気のない、気色悪い虫のような黒い文字だけがページに並んでいた。喜びの感情は、一瞬のうちに嫌悪と恐怖の感情に変わってしまった。そのとき、ゴーというなにか鈍い音が聞こえてきたので窓を見ると、一キロの高さはあると思われる津波が、ペトシーンの奥から近づいてきていた。津波は徐々に近づき、ペトシーンの斜面を呑み込み、展望台も破壊した。私は思わず目を閉じ、大量の水の衝撃を受ける心構えをした。鈍い音はすこしずつ大きくなっていたものの、一瞬にして静まりかえってしまった。しばらく目を閉じていたけれども、死のような、奇妙な静けさしか耳に入らなかったので、そっと開けてみた。すると……窓から手の届く場所で、暗い水の壁が隆起した状態で固まっていたんだ。私は窓から身を乗り出し、冷たい水のなかに指をそっと突っ込んでみた」

図書館員は、窓から手を伸ばしたそのときの様子をその場で再現してくれたのだが、同時に本の山も揺れてしまい、今度は本が一冊ずつざっと滑り落ち、何冊かの本は大きな弧を描いて机から落ちていった。落下しながら宙を舞っているあいだに、白いページが幻想的な光を放ち、そのあと、どさっと鈍い音を立てて床に落下した。図書館員は本を放ったらかしにしたまま話を続けた。「すると、水の壁から、巨大な黒い魚がぬっと頭を突き出し、しわがれた笑い声をしばし響かせたかと思うと、あざ笑うかのような調子で、こう言ってきたんだ。『これまでの生涯、おまえは、ずっと忘れようとしていたな。ラドリッツェの裏通りにある薄汚い映画館で、シートの列のまんなかにひとりで坐り、ニュース映画を眺めていたことを。海底から撮影したシーンでは、細かい砂の上をきらきらと光る小魚の群れが泳いでいるのが映し出されていたな。小魚の群れは突然、動く彫像を形作ったかと思うと、人造の美女とおまえがバコフ・ナト・イゼロウ駅のレストランでキスをしている様子を映し出す（おまえは、いつものごとく、人造の女性たちに魅了されてしまい、夜の静けさのなか、彼女たちが隣で横たわっているときなど、彫像の歯車が出すカチカチという音に親しみをおぼえていたな)。美女は——創造主に宛てた長い書簡のなかで、自分は《地峡《ちきょう》》へ向かっている途中だと綴《つづ》っていた——居心地の悪い宿で、チェコの悪魔たちと暮らしていたんだ。悪魔たちはクッキーをむしゃむしゃ頬ばりながら、美女の話に相槌を打っていたが、遠く離れた暗い星をこれからも忘れないように語られたのは、畑に囲まれた池の氷の下で灯っているバラ色のランプをめぐるものだった。だが同時に、悪魔たちは美女をバラバラに分解して、自分たちの母の彫像を、いや、むしろ母そのものを作れないかと密談していたのだ。おまえは、映画館のホールにたったひとりで坐っているが、そこでは、誰かが咳払いする音が聞こえる。十一月のある曇った日、プラハ近郊の村で、ひとけのない広場をおまえが散歩しているときに突然、柱のスピーカーからあの声を耳にしたときよりも、さらにたちの悪いものだ。あの日、広場で皮肉たっぷりに朗読されていたのは、地方郵便局の聖杯についておまえが書いた論文の原稿だったが、タイプライターの引き出しの底にながらく眠っていたもので、誰にも読み聞かせたことのないものだった。論文は、おまえの部屋の奥深い穴からゴボゴボと出ているものを(湿った口の闇のなか、怠惰《たいだ》で邪悪な動きを見せる舌が、嫌悪感を誘う子音を発して)はっきりと命名した唯一の研究だった。かと思うと、聖ヴィート大聖堂のようなものが、フラッチャヌィにある実物よりもすこしばかり大きいものがソビェスラフ州を時速二七〇キロで走っていたり、《地峡》は二つの海の光り輝く水面上に聳えていたりする。蟹《かに》と化したピアノは寝室を這《は》いまわっているが、音楽が流れるのにふさわしい時間ではなかった。というのも、シルバーのケースに収められた女神たちはまだ、天井から怪物議会に降臨してはいなかったからだ。ピアノ蟹の背の中央には螺旋模様のピクトグラムがペンで描かれ、コンクリート倉庫内でのくしゃみに似た音を出していたが、その音が意味するのは、湖上に浮かぶ建物の明かりが消された部屋で素早く動く緑の指を忘却せよ、というものだった（じつは多種多様な中国がいくつもあり、私たちが暮らしているのはその辺境なのだ。隣の寝室にはすべて水田があった）。おまえは映画館のホールから逃げようとするが、ドアというドアのすべてに鍵がかかっている。ドアをどんどんと叩いていると、年配の案内係がゆっくりと近づき、扉の隙間から笑いをこらえながらこう告げる。《この汚い暗いホールのなかで、おまえは千年坐りつづけ、スクリーン上で魚の群れが形作る、生涯でもっともつらい光景を見つづけることになるのだ》と』

それから先のことは記憶にないんだ。目を覚ますと、私は病院にいた。硝子のフラスコには、ある波長の光が当たると活性化して、強力な幻覚作用をもたらすドラッグとなるガスを含む化学物質が入っていたようだ。幸いなことに、変な臭いを嗅ぎ取った近所のひとたちが部屋に入ってきて、意識を失って倒れている私を発見してくれたんだ。あのガスをもうすこし長く吸っていたら悪夢から目を覚ますことはなかったと医師は言っていたよ。ペトシーンとフラッチャヌィからやってくる津波に始終脅かされ、黒い魚に罵《ののし》られながら、プラハで暮らすことになっていたにちがいないとね。ルビーが嵌め込まれた本はその部屋からなくなってしまい、二度と見つかることはなかった。今日にいたるまで、あの文字と同じ文字で印字された本に出会うことはなかったというわけさ。ただ、そのあといちどだけ、あの文字を見たことがある。スタレー・ムニェスト・ポト・ラントシュテイネムの居酒屋の便所の壁に刻まれていたんだよ。文字の近くには、触手を使って、虎と闘う蛸《たこ》の絵が描かれていたよ」

しばらくのあいだ、私たちはふたりとも黙っていた。図書館員は、テーブルの本が波打つのをうわのそらのまま鎮《しず》めようとしたが、手がぶつかった本はいっそう落ち着きを失ったので、結局動きを止めるのを断念し、黙ったままテーブルに腰かけ、窓から下に広がる雪だらけの中庭を覗いた。「本の秘密を調べようとしなかったのですか？」私は訊ねた。

「もちろん、調べてみたさ。初めのうち、あの本のことをいたるところで訊いて回り、出会ったひとには皆、おぼえているかぎりの文字を書いて見せてみた。けれども、あの本のことを、未知の文字のことを知っているひとはいやしなかった。でもね、奇妙なことに、私が話を聞いたほとんどすべてのひとが、それを期に、忘れていた出来事や、ほかの空間が出現した奇妙な出会いを想い起こし、そのことについて話してくれたんだ。だが、たいていの場合、途中で話をぷつんと止めてしまい、話題を変えてしまうんだ。朝、リビングの湿ったカーペットで身をよじりながら生きているヒトデを見つけたひとがいたかと思うと、夜、小さな駅で列車に乗ったら、車内がゴシック様式のひんやりとする礼拝堂になっていたというひともいた。こういった話を耳にして、私たちのすぐ近くになにか奇妙な世界がひそんでいるのではないかと思うようになった。それがどういうもので、誰が住んでいるのかはわからない。そこの住民が私たちとどういった関係を持っているかもわからない。私たちはどうでもいい隣人にすぎないのか、私たちのいる制限された空間は誰かの植民地なのか、それとも、かれらは壁の向こう側で戦争の準備をしているのか。図書館の食堂で、貸出担当の図書館員が話していた話に注意深く耳を傾けるようになったのは、ちょうどそのころのことだった。それまでは、そういう話をまじめに受け止めていなかったんだ。それはどういうものかと言うと、誰も足を踏み入れたことのない、図書館内の野生のゾーンがあって、そこに生息する奇妙な怪物に遭遇したという身の毛のよだつ話だった。私は、暗澹《あんたん》とした一帯のきわに初めて連れていってもらい、暗闇で先が見通せない廊下をじっと見つめた。そして、私はこう自分に言い聞かせたんだ。よし、明日になったら旅に出かけよう、廊下の果てまで、廊下の先まで行ってみよう、と。だが、出発をたえず先延ばしすることになり、明日こそ出かけようと毎日自分に言い聞かせていたのに、しまいには、図書館の秘密のことなど考えなくなってしまい、ルビーが嵌められた本のことも、黒い魚の悪意に満ちた笑いのことも忘れてしまったんだ。いまでも、館内の暗いゾーンの周りを毎日のように歩いているが、悪意に満ちた廊下の入口を見ようとはしないし、その深みから響いてくる陰鬱な唸《うな》り声も気にならなくなってしまった。あの境界を越える必要など感じなくなってしまい、探検に出かけるには、もはや手遅れなんだよ」

だが、私は、菫色の装丁の本が出現した世界の謎を知りたいという欲望にみなぎっていた。図書館員の話を聞いて焦燥感が高まったのか、私は白衣の袖《そで》をつかんで頼み込んだ。「いや、遅くはありません。いまがその時です。敗北の時かもしれませんが、運命と和解すべき時です。そこから、決心が生まれるはず。いたるところに積もっている雪は、非現実の始まりで、一歩踏み出すよう私たちに促しています。雪には、幻想的な存在が残した痕跡《こんせき》や、街の奥地にある謎の巣穴に続く痕跡がたくさんついているはずです。すべてをかなぐり捨てて、一緒に出かけませんか、探検に出かけようじゃないですか。めったにない宝石や素晴らしい怪物が発見できるはずですよ。なにはともあれ、肝要な点は、私たちの世界の謎がひそんでいるのは、境界の向こう側だということです。向こう側から戻ってきてはじめて、本当の生を営むことができるはずです。私は、以前から、私たちの世界を形成する習慣の輪郭は、クノッソスの遺跡にあるモザイク状の床の装飾のようなものだと思っていました。あの硬直した線は、儀礼の踊り子、この世にいない覆面をかぶったひとたちの動線を捉えているものだと言われることがありますよね。そう、境界の向こう側では、原初の舞踊を目にすることができるはずです。そして、その舞踊の痕跡こそが、私たちの世界にほかならないのではないでしょうか」

「いや、ここを去る意味などないね」図書館員は静かに答えた。「宝石にも、怪物にも、私は興味がない。たしかに、境界の向こう側には、私たちの世界の源がさまざまな形を取って隠れているかもしれん。だが、私たちがそういったものを理解することなどけっしてないし、なんらかの意味がもたらされるとも思わん。仮に、なんらかの意味があって、多少なりとも理解できるとしたら、それは、私たちの世界の軌道で起きている範囲のことに限られていて、私たちのクノッソスの装飾の線に続くものだけだろう。たとえ、高貴なる神たちの舞踊の痕跡であろうと、酔っ払った悪魔の狂態の記録であろうとね。原初の舞踊を言葉で話すことなどできんはずだ。言葉を用いることは、装飾が誕生する以前にあるものを見失ってしまうからだ。原初の舞踊は目にすることもできない。見るということは既知の感覚の網に入り込むことであって、この感覚を通して命が宿らないものは私たちには見えないのと同じだ」

「じゃあ、カーペットのヒトデや礼拝堂の車両は何なんです？　謎の文字で書かれた本は？」私は疑問を呈した。「私たちの世界のひとびとが現に遭遇しているじゃないですか？」

「いいかね、それらは、たまたま私たちの岸に打ち上げられたものにすぎないんだ。私たちは自分たちの経験にもとづく擬似的な類似性をたよりにして、そうやって打ち上げられたものに対し、なにか代替的な意味を与えているにすぎん。文法という不安だらけで狡猾な神が、私たちの頭上で手を広げて守ってくれているのだ。この神こそは、怪物の顔を明らかにしてくれるにちがいない。『これは謎めいている』とか、『これは不思議な出来事だ』と私たちはよく口にするが、こういう風に発言することで、なにものとも関連を持とうとせず、無視を決め込んで、怖ろしい事象や出来事、その不吉な存在をまるで着古された服のなかに隠すようにして、形容のなかにさりげなく仕舞い込み、そうやって、それらが世界に占める場所を示しているのだ。それはやむをえんことだ。誰かがモザイクの図柄を床に描こうとも、それは私たちの牢獄であり、故郷であり続けるのだ。それは、狂気の神が残したいとわしく恐怖を誘う舞踊の痕跡かもしれない。だが、万が一、私たちが痕跡を知ることができたとしたら、私たちはその狂気も受け止めなければならない。私たちにとって真実味にあふれ、意味深いものというのは、この狂気の世界と関係があるものにほかならないんだ。私たちの世界の境界を想起させる、あの奇妙な本のことなど忘れたほうがいい。境界を越えてあちらに行くなんて、興味がないね。せいぜいできるのは内側からあちら側の建造物を眺めることだけだよ。私たちの世界の境界は、片側しかない線であって、内側から外につながる道など存在しない、そもそも、そんなものはありえんのだよ」

第3章　ペトシーン

クレメンティヌムの図書館員が境界について話したことに、多くの真実が含まれているのはたしかだろう。だが、私は、そのすべてに賛同したわけではなかった。私たちも、かつては原初の舞踊でなんらかの役割を担い、祭典に参加していたのではないだろうか。もしくは、私たち自身が、踊る神や悪魔だったのではないだろうか。かれらを否定して境界の向こう側に追いやってしまったがために、その断片的な記憶やおぼろげな共感が、私たちの内面にひそんでいるのではないか。こういった疑問が私のなかで渦をなしていた。未知の文字で書かれた書物が生まれた世界はどのようなものか知りたいという欲望が、私から離れることはなかった。その日の午後、雪の積もっているペトシーンの丘に出かけてみることにした。謎めいた緑の光のなんらかの痕跡を見つけられるのではないかという淡い希望を抱いていたからだ。氷の張った道をすべったり転んだりしながら、木立ちをあてもなくさまよい、雪が枝からどさっと落ちてきたりするなか、雪を掻《か》きわけ進んでいった。茂みの先を覗くと、斜面には小屋や南京錠のかかったあずまやが立っていて、割れた窓硝子や下ろされた雨戸の穴の向こう側に薄暗い内部が見えた。なかには、ガーデニングの器具、ペンキ缶、引き千切られた紙袋などが散乱していて、紙袋から淡い光を放つ粉がこぼれていた。夕方近く、私は、諦めて引き返すことにした。路面電車の停留所があるウーイェストへの道を下っていると、雪の積もった木々のあいだの浅い谷間に腰くらいの高さの円柱があるのが目に入った。蓋は深い雪の帽子をかぶっていた。すると、ある想い出がまざまざと蘇《よみがえ》ってきた。子どものころ、ペトシーンでかくれんぼをしていたとき、この円柱のかげに、幾度となく身を隠したことがあった。それは夏のことで、円柱はぼうぼうと生えた草に覆われていた。上部には暖炉の扉のようなさびついた金属製の窓がついていたが、開けようとしてもびくともしなかったおぼえがある。当時、この円柱は砂かスラグを保管する容器だと勝手に思い込んでいた。けれども、今回、取っ手を回してみると、窓がギーと音を立てながら開いた。私は身を屈めて、頭をなかに入れてみた。

暗がりに目が慣れてくると、円柱はドームの頂塔の一部であることがわかった。塔の下には広いドームがあって、寺院の身廊《しんろう》の上でアーチをなしていたが、床は暗い深みに埋もれて見通せなかった。身廊の周囲には十二の礼拝堂があり、礼拝堂の中央にはそれぞれ巨大な硝子の彫像が立っていた。彫像の内部はがらんどうになっていたが、水で充たされていて、さまざまな海の動物がそのなかを泳いでいた。なかには、そっと光を発しているものもあった。その淡い光は寺院のなかで唯一の照明となり、地下バロック様式とでもいうべき、黄金の装飾の無数にある襞《ひだ》に反射して、ゆらゆらと落ち着きなく光を発していた。壁面や暗い絵画の大きな枠のところで、襞はうねりを増していた。一連の影像は、まとまりのあるひとつの硝子の連作のようなものをなしており、英雄か神の生涯を時系列に表していて、凄惨な争い、孤独であることの快感、厄介な告知を表現しているようだった。影像の内部は、不安と闘争が支配していて、海の動物はたえずなにかを追いかけ、鋭い歯でたがいを傷つけあっていた。光を放つ、恐れ慄《おのの》いた魚を、影が素早く追いかけ、影像の頭の背後に隠れていく様子も見えた。するとと、見たことのないような痙攣で引きつった硝子の顔が神秘的なエクスタシーを突然感じたかのように、寺院の闇を照らし出したのだった。だが、次の瞬間、別の捕食動物が魚をさっと捕まえてむしゃむしゃ嚙み砕くと、血がゆっくりと流れ出し、あたりは暗くなっていった。光は遮られ、まもなく影像の頭部全体に血が満ちはじめた。主祭壇には十三体目の影像が立っていた。像が描写していたのはどこかで見たことがある、横たわっている若い男を虎が貪り食う光景だった。虎を表す胴体には、赤くきらめくクラゲが一匹だけ、ゆらゆらと波打ちながら泳いでいた。

突然、眼下のシャンデリアの複雑に交錯したアームの先端に、ぱっと光が点いた。

シャンデリアは、私の頭のすぐ隣のドームの天窓に固定され、長いロープで吊るされていた。シャンデリアに光が点くと彫像内の魚の光は弱いものとなったが、寺院内の大半の部分は闇に覆われていた。すると、ひとがぞろぞろと集まりはじめ（地下の廊下を通ってきたのだろう）、次々とベンチに腰かけた。祭壇に姿を見せたのは司祭だった。五十歳くらいの浅黒い男性で、黒髪はよく整えられており、細い髭《ひげ》をたくわえていた。びくともしない重そうな襞のついた、黄金の刺繍《ししゅう》が施された緑と紫の衣服を着ていた。頭を下げた姿勢でしばし沈黙が続いてから、説教が始まった。

「今日は、かの船が闇夜に川沿いの町に接岸して、《追放》の遍歴を始めてから十五日目にあたる。住居、工場、荒廃した宮殿は、煉瓦《れんが》がむき出しになっている高い壁を境にし、悪臭を放つ急流に面した場所にあった。急流の川からは鉄の梁《はり》やパイプが突き出ていて、太いパイプの開口部から汚水が排出されていた。ぼろぼろに朽ちた階段が、裏庭から川に連なる道となり、腐食物や茶色く濁った泡がそこを流れていた。中庭の上には暗いベランダが壁に取り付けられていたが、そこからはキッチンの明かりが漏れていた。『さびれた庭の書』はこのことに言及している。書物のあるページには、ヌードルスープの脂の染みがついている。その染みはなにかと言えば、太陽が燦々と光り輝くなか、突然、怪物の角の影が差した瞬間に、書き手が感じた恐怖の痕跡にほかならない。怪物は、干涸《ひから》びた城壁で、きらきら光る氷のコマを用いるチェスで老いた王を打ち負かしたのち、日中の猛暑のなか、ひとのいない静かな街路を散策していた。あたりはひっそりとし、チェス盤の隣に置かれた砂時計から、赤や紫の宝石の細かい欠片がさらさらと落ちていく音だけが聞こえていた。これは、怪物による仕返しにほかならなかった。というのも、要塞の高い石壁の下でだいぶまえに挑んだ闘いで、敗北を喫したことを恨みに思っていたからだ。要塞の壁は、夜の波がぶつかってきていたので、粉々に砕け散っていた。物語が真実を告げることはなく、怪物はつねに戻ってくる。よく知られた化け物がチェス盤を脇に抱えて、あなたがたの家のドアのベルを鳴らすかもしれない。チェスを一緒にやらないかと誘い、虎の頭が彫刻された槍兵のコマを使ってくれと頼み込むにちがいない。槍兵は、相手をうかがうような螺旋の不規則な動きをしてチェス盤を離れ、しまいには建物の外まで出ていってしまうことがある。私たちに馴染みのあるビロードに爪を喰い込ませながら、怪物たちは戻ってきて、玄関の鏡に彫琢を施したり、地下爆撃機のデッキで愛すべき女性が六人の肥満男性との暗く秘めやかな狂宴に誇らしげに参加している様子を描いていく。爆撃機は、粘土と石穴の奥深くに沈んだかと思うと、巨大なハタネズミの鼻のような黒い機首を、国民大通りのカフェ・スラヴィアのまえの石畳のところで浮かび上がらせていた。それは、ちょうど、コーヒーカップをまえにして、カフェに坐っている若い詩人が、内なるアジアの輝ける都市の支配者たちにまつわる詩を未完のままに留めようと最終的な決心をしたときのことでもあった。詩人は、タイプライターで詩を書くことに飽き飽きしてしまったのだ。タイプライターはきちんと紙に印字する代わりに、ジョイントの部分を曲げたり、伸ばしたりして、先端部分の有毒の棘《とげ》が顔に切れ込みを入れてしまう。そのため、百二十行もの六歩格の詩行をタイプしようものなら、ひと月前、女性たちが称賛し、愛撫していた詩人の頭は半透明の肌の下で緑がかった炎症の膿が溜まり、ボールのように膨れあがっていた。それならば、なぜ、ほかのタイプライターを探そうとしないのか？　というのも、ほかのタイプライターはすべて消失してしまっているからだ。タイプライターの一部は、バッタの大群によって、コーカサスへ運ばれた（バッタたちは協力しあうと、馬でさえも何キロも離れた場所に運べることは証明済みだ）。また一部のタイプライターは、さまざまな町で広がりを見せている新種の倒錯の一種として使用されている。ほかのタイプライターは、美しい動物天使の彫像を照らす白い光そのものに変容していた。さて、我らが追放者は船内でしばらくのあいだ考え込んでいた。たどりついた街の大きな煉瓦造りの宮殿は、どうしてこんなに駅に似ているのだろうか、と。そしてまた、人生で初めて、小悪魔の退屈な注釈に従って、聖なる書物を糸杉の島に放置してみようじゃないかという衝動に駆られたのだ。小悪魔は余白を埋め尽くしたばかりか、本文そのものにも疑わしい注釈を記すようになっていた。どのような注釈かというと、地方の居酒屋にあるダンスホールの悲哀にまつわるもので、そこには鍵がかかっていて、踊るひとがひとりもいなかった。居酒屋では椅子がテーブルの上に乗せられ、椅子の脚は、染みが地図を象《かたど》った白い天井を向いていた。そのホールは、死後の世界をめぐるツアーで重要な役割を果たしているらしい。追放者は、あらゆるものと縁を切り、都市の汚れた川の悪魔となり、毎晩暗い水面に顔を出したり、キッチンの窓から漏れる光を眺めたり、主婦が川の水面からすぐの段に置いてくれた食事を食べたり、大きな広場の白い大理石のことなんかすっかり忘れようじゃないかという気持ちに駆られた。夜になると光を放ち、昼の風景のなかに冷たく流れていく大理石のことだ。庭に面した窓のある大きな部屋のなかの静かな夏の午後の癒しがたい、絶望のように美しい大理石のことを忘れてみたい、と。誘惑に屈しなかったのは川に浮かんでいた朽ちた木片のおかげだった。追放者は、木片に小さな家庭用の祭壇の一部があるのに気がついた。祭壇のまえに停まった寝台車の廊下で、列車に棲《す》む残忍なミノタウロスといちゃついていた女性は、ヘッドバンドを初めて外し、相手に古傷を見せた。それは役所の、艶のあるリノリウム張りの、ひとのいない廊下で悪魔を追跡するフラミンゴを初めて目にして以来うなされた熱を冷まそうと硝子に額をあてようとして、鏡のなかでさまよいつづける鳥が鉄の嘴《くちばし》でつけた傷跡だった。そしていまや、悪い鳥たちの鋭い鉄の嘴、そして髭を剃っている私たちの顔を突き刺してくる巨大なスズメバチの一メートルほどの長い針が、鏡のなかから私たちの空間に突き出ている。夜、ソファで本を読んでいると、鏡の奥からスズメバチの鈍いブーンという羽音が聞こえ、ときには、なにか単語のような音が聞こえることもあり、大昔に私たちが裏切ったいにしえの啓示を想起させるような声であったかもしれなかった。その啓示とは、フフレの上方にある雪の積もった畑のまんなかに置かれた、鉄が剝げ落ちたベッドフレームに横たわっているスフィンクスから授かったものだった。十八歳のころだったが、散歩をしていると、日の暮れかかった夕方に、雪の積もった平野の先で、車のヘッドライトがスリヴェネッツの高速道路に沿ってスムーズに動いていた。結局のところ、雪の畑で灼熱の剣先のごとく私たちに突き刺さった啓示など、忘れてしまった。夕暮れ時に、鏡の奥から鏡を目指し、疲れなど知らないかのように怒り狂いながら侵入を試みる巨大なスズメバチの鈍いブーンという音から聞こえる声だけが、啓示のことを想い出させてくれるのだ。だが、いつの日か、スズメバチが硝子を突き破ったら、どうなってしまうだろう？そういう事態が生じたら、口からダイヤモンドを吐き出し、書棚に隠した炎を見つけ出さなければならないだろう。苦痛は新種の透明な動物を作り出し、ランプは蜂蜜のなかで光を放ち、駅の暗い、冷え切った待合室では叫び声が始終響く。声を出していた男女は白いヒンドゥスタンのモザイクの床の上に横たわり、手を震わせながら、きらりと輝く、まだらの毛で覆われた身体をそっと愛撫していた。さて、追放者は、見たことのある祭壇の一部が水面に浮かんでいるのを見つけると、自分が生まれた宮殿内の白い階段にいた豹を想い出し、故郷のあたたかくも、べたついている汚物のなかに身を投じる決意をする。その汚物は一生私たちにつきまとっていて、光り輝くホテルのなかで生涯をかけてずっと洗い流しているのだ。追放者は欲望に導かれるままに、汚れた川の悪魔となった。明かりの点いたキッチンの照明のもとで、ケンタウロスと機械の終わりなき戦いをめぐる歌を毎晩歌っているほうがよいのではないか、と主張する評論家もいる。だが、追放者が決意したことはいずれも、取るに足らないものだった。これこそが、今日の説教で大事な点であり、今週皆さんが瞑想しなければならないテーマなのです」

そのとき、チリンチリンという単調な音が響いたが、音楽と呼ぶべき代物だったのかもしれない。司祭は腕を広げ、僧衣の黄金の刺繍をまっすぐにし、そのおかげで刺繍が虎の形になっているのがわかった。司祭は声を張り上げた。「私たちもまた、冷たい大理石を選択するか、鱈《たら》の絵が描かれた缶詰から響く悲しい歌を選択するか、決断を迫られるときがやってくるはずだ。私たちが下す決定は、人間の能力を超越するほど困難なものであろうとも、とどのつまりはたいしたものではない。前者を選ぶにせよ、後者を選ぶにせよ、どちらにしても、犬形の鉄マスクを顔に嵌め、果てしないコンクリート平野を歩きつづけることに変わりはないのだから……」

ベンチの信者たちは讃美歌集を開き、言葉のない、間延びしたメロディーを歌いはじめた。リズムやなにかの秩序を見出すことが困難なもので、冬の夜、窓サッシのパッキンの隙間から風が吹くと響く偶発的な音のようだった。チンチンという静かな音が脈絡もなく歌に混ざっていた。私は奇妙な歌に耳を傾け、展開をそれなりに期待したが、無形の歌が、ひとつの音符が、際限なく響くばかりだった。そうかと思うと、メロディーが突然上がったり下がったりし、そのあと、またひとつの音符のままずっと響きつづけていた。歌を聞いていると眠気を催し、また寒くなってきたので、私は、円柱から頭を引き抜くことにした。周りはすでに暗くなっていて、眼下に広がる黒い枝の隙間から街の光が輝いているのが見え、照明の点いたケーブルカーが音を出すことなく斜面を登っていた。深い雪を掻きわけて、ウーイェストのほうに下り、小地区広場の方向からやってきた路面電車に乗ることにした。車両に乗客はほとんどいなかった。照明の点いた車内で、暗い窓硝子に反射する淡い色彩の像を見やりながら、地下寺院のことを考えてみた。ペトシーンで目にしたのは誰か、皆目見当がつかなかった。遭遇したのは謎のセクトだったのだろうか？　私が立ち会ったのは、新しい宗教の誕生だったのだろうか？　その宗教は、ペトシーンの地下から普及していき、世界を支配することになるのだろうか。それとも、逆に、地下の礼拝は滅びつつある古い宗教の最後の鼓動だったのだろうか？　寺院を訪れていた者たちは、なんらかの理由で、プラハにつどい、宗教的な祝日を祝う外国人なのだろうか、それとも、数世紀にわたって、その存在が気づかれることなく、私たちのすぐ隣で暮らしているひとたちなのだろうか？　私がいたのは、私たちの街と隣接する見知らぬ街の境界線上だったのだろうか？　私たちの秩序では、消費したり、処分されることのない排泄物から育まれた街なのだろうか、それとも、私たちが到来する以前から住んでいる先住民集団なのだろうか。私たちのことなど関心がなく、私たちが外を出歩いても、気に留めていないだけなのだろうか？　街の概略図はどういうもので、どういう風に街区の区分けがなされているのか、どういった法律があるのか？　並木道、広場、庭園は、どこにあるのか？　光り輝く宮殿は、いったい、どこにあるのだろう？

第4章　小地区カフェ

それから何度もペトシーンに足を運んだが、寺院の小さな天窓はいつも閉まっていて、取っ手を力いっぱいがちゃがちゃと動かしてみても、開けることはできなかった。私は菫色の本をいつも持ち歩くことにし、路面電車のなかや、店の行列に並んでいるとき、場合によっては路上で歩きながらページを開くこともあり、以前にも増して、未知の記号の研究に没頭した。個々の文字の形はどうにか識別できるようにはなっていたものの、どのように発音されるかはわからなかった。文字は七十六字あることがわかったが、この文字は、ひとつの音のヴァリアントとして識別できる音なのか、あるいは、私たちの音とはまったく異なっている多くの音を表しているのかすら区別がつかず、そこから先に進むことはできずにいたので、文字の音を想像してみることにした。歩きながら大声で発音を試みたりしたので、行き交うひとは驚いて振り返ることもあった。と同時に、私が意識するようになったのは、私たちが用いているいくつかの音は未知の音の原生林に覆われているのではないかということだった。単語の意味は、音の素材から不可思議なかたちで成長していくので、原生林は、幽霊のようなもの、生き物、事象の不穏な種で満たされている。未知の文字を使っている者たちは、音声を図像で弁別する必要性をどのように感じているのだろうか。音の意味の豊かさに歓喜し、言語内に脈打つ生命力を捉えるべく、テクストを楽譜に近づけようとしているのか？　それとも、文字の増殖は、音の個々のニュアンスと密接に結びついている意味が、たえず逃げていってしまうのではないかという不安を示すものなのだろうか？　文字の形状から滲み出ている緊張は、むしろ、不安の世界からやってきたものであることを証明している。大多数の文字は衒学的《げんがくてき》なものに見えた。だが同時に、未来に到来するであろう神の耳元にどうにかたどりついてほしいという、古代に発せられた暗い叫びに似た絶望的な願いをも表しているように思えた。いくつかの文字の上にある細かくねじれた記号はなにを意味するのか考えてみた。音の長さ、アクセント、メロディーを意味しているのか、それとも、発音時の身ぶりや渋面を意味するものなのだろうか？　あまり目立たない弧や輪っかのほうが、テクストを伝える主たる部分であって、大きな文字は、異邦人を惑わすための装飾か、混乱を招くためのメッセージにすぎないのかもしれない。あるいは、この小さな記号は古い神官文字の生き残りかもしれない。新しい街のはずれにある、消失した帝国の宮殿の残余物と同じく、伝達の縁に残っていたものであるかもしれなかった。この残余物を理解できるのは、秘伝を授かった一派だけであって、かれらは、忘れ去られたこのささやかな文面を書籍で読み、それから、古い神々が舞い戻り、記号がふたたび息を吹き返し、改修された寺院の正面で光り輝くのを心待ちにしているのだろう。

もどかしさや不安をこれほど感じたのは、記号が意味を持たない硬直した存在であるという点ではなく、むしろ、意味の発散は誰にも止められないという驚異を体験し、聖エルモの火のように揺らめく奇妙な意味が文字上に存在するのを感じたからだった。意味は、刺々《とげとげ》しい文字の変わった特性のひとつではない。意味というのは存在するすべてのものに浸透し、隠れてはいないため、菫色に装丁が施された書物のページでふと目にすることがある。私たちが慣れ親しんでいる意味は泉のような存在の根源的なメッセージから謎を引き出し、新たな生命を手に入れると同時に、身体を蝕《むしば》む、目に見えない病気に侵されたかのように消失してしまう。はたして、こういう状況にあって、本を理解していると言い切る権利が私にはあるのだろうか? 未知の文字が並ぶ本のページを見ていると、不安が交錯するのを感じる。なかでも、きわめて強烈で奇妙な不安は、理解すべきものは一切なく、それを訊ねることすらできないのではないかという予感めいたものであり、そしてまた、私たちが理解できずに大敗を喫する以前に、勝利を誇る、得体の知れないものが静かにそして始終私たちをどこかで待ち伏せしているのではないかという不安だった。

私は、ほとんど客のいない《小地区カフェ》の窓際に腰かけ、雪で覆われた広場を一望できる席で本を広げてみた。ひんやりとした昼下がりの光がグレーの大理石のテーブルにきらりと反射していた。すると、新しい客が店内に入ってきた。年配の細身の男性は落ち着かない様子であちらこちらに視線を投げかけ、痙攣のような動きをしていた。昼下がりの《小地区カフェ》でよく見かける孤独な人物だった。私の横を通り過ぎようとした男は、テーブルに開いて置いてあった私の本に目を留めた。はっとして立ち止まり、先に進もうかどうかすこしためらい、注意深く周囲を見渡してから、突然、私のほうに向きなおり、本の入手先を訊ねてきたので、私はその経緯を説明した。男は向かい側の空席の椅子の端に腰かけたが、その姿は、人形遣いがぱっと紐を放した人形のようだった。テーブルの上にばさっと覆いかぶさったかと思うと、落ち着かない様子で周囲を見回しながら、懇願するような小さな声で私に話しかけてきた。

「忠告をよく聞くんだ。一刻も早くその本を手放すんだ。いいかね。この呪われた文字に遭遇してからというもの、私は、街はずれの悲しい世界をまごつく犬になり、心が安らぐことなどなくなった。よく見るがいい、この文字が狡猾で抜け目のない姿をしているのを。この文字は悪質の壊疽《えそ》となり、あらゆるものに悪影響を徐々に及ぼし、毒を吐き出すだけでなく、私たちの世界が信頼を置く、よく知っているものを目立たぬようすこしずつ蝕んでいく。このような息吹のなか、私たちの建造物の形状は、嫌悪感を誘う壮麗さで光り輝く野生寺院の輪郭に融《と》け込んでいき、忘れられた悪の黄金がきらりと光を放つのだ。毒は私たちの言葉を蝕み、言葉を原生林から古来響いている不穏な音に変化させ、彫像たちの孤独な音楽とさせる。人生は、ジャングルにいる、いまわの際の若い神をめぐる猥褻《わいせつ》な神話という終わることのない余興のなかで、ほとんど気づかれることのない端役となるのだ」

かれは話しているあいだに、テーブル上の肘をどんどん私のほうに近づけ、しまいにはほとんど突っ伏している恰好となった。私は、どこで謎の文字に出会ったのか話してくれるよう懇願した。男は身体の力をすこし抜くと、テーブルからすこしだけ身体を引いた。

「あの怖ろしい物語が始まったのは六〇年代のことだ。私は当時法学部で教鞭を執っていた。学生時分から論文を専門誌に発表していて、将来の出世を疑うものなどいなかった。私には優しい妻とふたりの子どもがいて、もちろん、女子学生と関係を持ったことなどなかった。六〇年代中ごろ、ある学生が一年生に登録してきて、なんともうまく説明できないが、私は彼女の静かな表情に狂おしいほどに魅了されてしまった。彼女のしぐさは、どこか謎に包まれた、神秘的な空間の賜物で、そこに根をしっかり下ろしているようだった」

「それは、どういう空間だったのですか?」その空間が気になり、私は質問を投げかけた。

「なにもない広々としたホールでね、周りは大理石に覆われていた。私たちが女性に魅了される場所は、つねに女性の身体が融け込んでいる空間であり、女性たちがいっぱい沁《し》み込んでいて、遭遇したその瞬間に、女性の動きが光を放つ風景なんだ。だが、手招きして私を呼び寄せているのが、愛する者の手をささやかに波打たせている、暗い帝国であると知ったら、どうなるだろうか……。一緒にいて、彼女は嬉しく思っているにちがいないという感触があった。そこで、ある日、旧市街広場でたまたま彼女に出会ったので、ワインでも飲みにいかないかと誘ってみた。そのあと、私は彼女を家まで送り、彼女の部屋に通じる暗い階段を上がっていった。住まいはネルダ通りにあった。斜面に建てられたその家は、最上階に出るには細い階段を通らなければならず、最上階に着くと裏側の出口は地上につながっていて訪問者を驚かせる建物だった。それから、私は、彼女の住まいに定期的に通うようになった。驚いたことに、大きな部屋がいくつもあるというのに、彼女はたったひとりで暮らしていた。彼女はそのことについてなにも語らなかった。そもそも私たちは会話することがあまりなかった。電気の消えた部屋で横になって、路上から聞こえる声に耳を傾けたり、窓から見える向かいの宮殿の正面にある彫像を眺めたりして過ごしていたんだ。彼女の身体に触れていると、なぜか、未知なる土地、未知なる草や葉、動物たちの脚を想い起こすのだった……」

すこしためらいながら、男は落ち着かない様子で周りを見渡した。だがカフェには、老人と学生が数名いるだけで、私たちに気づいている者はひとりもいなかった。にもかかわらず、男はテーブルの上に身を屈め、私に身体を近づけ、さらに小さな声で話をした。「玄関ホールには鍵がかかっている白いドアがあったが、いつもそのまえを通り過ぎるだけだった。ドア上部の枠には、誰が彫ったのか、不思議な文字が刻まれていた。ドアは斜面側にあった……。どこか不思議な魅力がそのドアに宿っていたが、がらくたばかりの単なる納戸《なんど》よ、と彼女は答えるばかりだった。あるとき、彼女が通りの下のほうに買物に出かけたので、私はドアの魅力にあらがえずに、壁に吊るしてあった鍵束を手にし、白いドアの錠を開ける鍵はないかと差し込んでみた。鍵を何本か差していると、ついに錠が開いて……」

その瞬間、ぴったりのベストを着た給仕が我々のテーブルのほうに急いでちょこちょこと歩いてくるのが目に入った。離れたところから私の向かいに坐っている男に手を振り、誰かが電話で呼んでいると身ぶりをまじえて伝えた。「ここにいることは、誰も知らないはずだ」男は不安そうに言葉を発すると立ち上がり、クロークに向かっていった。男が戻り、話の続きをしてくれるのを私はじりじりと待っていた。窓越しに外を見やると、湿った雪の大きな塊《かたまり》が穏やかな風に運ばれ、地面をゆっくりと転がっていた。そのとき、レテンスカー通りの曲がり角から、屋根に雪がどっさりと積もった緑色の路面電車が現れ、カフェ前の停留所で停車した。プラハの路面電車と形はまったく同じだったが、車体は一塊の緑の大理石を彫ったものだった。窓には、なかが見えない暗い硝子が嵌められていた。路面電車の前側のドアが開くと、くるぶしまで丈のある重いグレーのコートをまとい、縮れた長い髭をたくわえたふたりの男性が駆け出してきた。手には担架を持っていた。胸を突き出し、同じしぐさで滞空時間の長いジャンプをするその姿はバレエダンサーのようだった。カフェのドアのなかに消えたかと思うと、すぐにまた外に出てきた。ゆったりとした規則的な足取りで歩いていたが、担架には身動きできないひとが乗せられていた。その人物が誰か確認するまでもなかった。私は想像してみた。禁じられたドアを興味半分で開けた途端、ドアの向こう側にいる者がカフェまで追いかけてきて、担架に無理やり乗せられて、雪の積もった広場を横切って連行されることになる。そんなことが六〇年代からいまに至るまで繰り返されているのだ。男たちが乗り込むと、路面電車のドアが閉まった。路面電車は動き出し、やがて姿が見えなくなった。

　私は外に飛び出し、カフェ前の駐車場で客待ちをしていたタクシーに乗り込み、眠気のせいで無表情の運転手に緑の路面電車を追いかけてくれと告げた。雪はますます激しさを増し、塊となった雪がタクシーのフロントガラスにぶつかっていた。ワイパーが速く動いて雪を除去してできた扇形のウインドー越しに、謎の路面電車の後部が近づいたり、遠ざかったりするのが見えた。初めのうち、路面電車は通常のルートを走っていたが、郊外に出ると突然これまで路面電車が走ったことのない、ひとのいない急な街路のほうに曲がった。工場の長い壁を通り過ぎ、漆喰《しっくい》の欠けた夢見心地の女性の顔が装飾となっている古い住宅のまえの通りを進んでいった。黒ずんだ柱のある小さなバルコニーにはがらくたの山がビニール袋に覆われて、積み上げられていた。郊外の遠くまで散歩に出かけたとき、ひとのいない街路のアスファルトに意味もなく線路が埋め込まれていたのを想い出した。まともにそのことを考えたことはなかった。工場に延びる線路が使用されなくなり、ただ撤去されなかっただけなのだろうとしか思っていなかった。

路面電車が最終的に向かったのは丘の上にある住宅街だった。雪の積もった庭の奥深くには漆喰の剝がれた建物が並んでいた。古いぼろ切れで覆われ、撚《よ》り糸で巻きつけられたポンプと凍った水の入っているさびついた樽が庭には置かれていた。雪はやみ、西のほうでは雲が途切れ、夕焼けの淡い光が壁や木の幹に差していた。建物と庭は突如として終わり、最後に残った柵に沿って、道が延々と伸びていた。その先は、黒い森に続く雪の平野が広がっていた。平野に光を投げかけていた赤い太陽も沈みつつあり、足跡のまったくない平野の雪上を太陽は桃色に染めていた。平野に向かう通りのはずれには荒れ果てた平屋建ての建物があった。通りに面する玄関の壁の上には、かろうじて読める程度の、うっすらとした文字で《居酒屋《ホスチネッツ》》と書いてあり、こちらから見えない側の壁は雪の積もった畑に面していた。路面電車は居酒屋のまえを通過して、足跡がひとつもない桃色の平野の雪上を走った。小舟が水面を走るように雪は両脇に掻きわけられ、赤い光は間欠泉のように時折飛び散る雪を照らし出していた。路面電車は徐々に森に近づいていったが、桃色の紙に墨で線を描いたかのように黒い影で強調されたブレーキの深い弧をあとに残していた。私はタクシー運転手にお金を握らせ、急いで車の外に出た。路面電車を追いかけようとしたが、膝まですっぽりと雪に埋まってしまった。路面電車に追いつける見込みは微塵もなかった。私は立ち止まり、路面電車が暗い森のほうへ曲がっていく様子を見つめるほかなかった。そのあと、私の目に入ったのは、桃色に染まった雪とびくとも動かない木々で、ぎざぎざの木の影が平野越しに私のほうまで伸びていた。私は踵を返し、雪の積もった畑を横切り、街のほうへ、太陽の最後の光が窓に反射して眩《まぶ》しい光を放っている家のほうへ向かうことにした。村からやってきたバスは地平線を目指して走り、庭からは犬の鳴き声が響いていた。

第5章　庭

街はずれにたどりつくと、窓に反射する光はすでに消え、雪は暗さを帯びていた。居酒屋には明かりが灯り、玄関前のランプは低い階段の踏まれて汚くなった雪を照らし出していた。謎の路面電車の追跡に失敗した自分を慰めるべく、私は居酒屋に入ることにした。店のなかは、広々としていて、暖房がよく効いていた。中央にはビリヤード台があり、低く吊るされた覆いのない電球は緑のベーズ生地を照らし出していた。部屋の隅は、暗がりとたばこの煙でよく見えなかった。ボタンを留めずに、フランネルのシャツを着た男たちが、フォーマイカ製の天板のテーブルを囲むように、押し合いながら坐っていた。男たちの頬は汗でてらてらと輝き、壁には、サッカーチームのポスターと滝の下で跳ねまわる裸の女性のカラー写真をあしらったポスターが頭上に貼ってあった。暗い部屋の奥では、暖炉の半開きの小窓が橙色《だいだいいろ》の光を放っていた。青い四角窓には裏庭から暗い枝が入り込み、まもなく訪れる夜のなかに裏庭が融け込んでいた。私は、壁際の長いベンチの中央にどうにか場所を見つけたので、疲れていたせいもあり、壁に吊るされた上着の重い束に頭を埋めてみた。雪が解けて生じた上着の湿気が、うっとりとさせるような、なにとも識別できない香りを放っていた。お客の声が行き交う居酒屋の心地よい喧騒に、私は耳を傾けることにした。部屋の隅の暗がりでは、グリーンのリキュールの入った小さなグラスが失われた宝石のように光を放っていた。

私は一方から押されるようなかたちになり、がっしりとした男性のまえに席を移した。赤い丸顔の男は誰とも言葉を交わさず、ビールをちびちび飲みながら雑誌『家庭庭園』を読みふけっていた。私は、二杯目のビールを飲み終えると男のほうに向きなおり、緑の大理石でできた謎の路面電車のことを知らないかと訊ねてみた。男は言葉を発せず、身体もまったく動かさなかったので、質問が耳に入らなかったのだろうと思った。返事を期待せずにビールに口をつけようとすると、男は、部屋の隅の暗がりにふわっと視線を投げながら返事をした。「この界隈じゃあな、夜、霧や雪が立ち込めるころ、電車は姿を見せるんだ。だが、路面電車に乗った人間の姿を見ることは二度とない。おれは、通路の漆喰に掻き込まれた文字を見たことがある。《緑の路面電車の車庫は、チベットの僧院の中庭にあり、森や畑を横断する秘密の道を通り、我らのもとにやってくる》と書いてあった。この文章にはなんらかの意味が込められているにちげえねえ。あるとき、床屋にいた男性が語ってくれたことがあってな。夏の早朝、森でキノコ採りをしていると、路面電車がすぐ近くをそっと通り過ぎ、霧のなかに消えていったという。ほかの奴によれば、あれは、大西洋の海底からやってきた路面電車だそうな。時折、よくわからない理由で河口を目指し、流れにあらがいながら川底を進んで、夜になると水面に上がってあたりをさまよい、郊外の古い工場の周りやサッカー場の木のフェンスに沿って街のなかに入っていくのだと。だが、路面電車がなにを探していて、どういった使命を持っているのかは、誰にもわからんのさ。修復師たちがあるロトンダの漆喰の下にロマネスク様式のフレスコ画を発見したとき、ブジェチスラフ公の背景には、緑の路面電車を明らかに想起させる絵が描かれていたという噂もあるほどだ……」

スウェットパンツを穿《は》いたほろ酔い気味の若者が私たちのテーブルに近づき、路面電車のことを話してくれている男とセメント袋の売買について交渉を始め、それから私のほうを向くと、スパルタのサッカー場で会わなかったかい、と訊ねた。私が言葉を交わす気がないのを悟ると、若者は手を振りながら隣のテーブルに移動した。「線路は、柵がある庭の茂みに敷かれている」私の隣人はふたたび声を出した。「夜、ベッドに寝ていると、庭の奥のほうからガチャンガチャンという音が迫ってくるんだ。天井に光が照らされ、カーテンの模様が気色悪いほど巨大なものになり、眩い輝きに投影されてな。かみさんは不安になって、おれの手を取る始末だ。だが日中、おれたちは路面電車のことを口に出さないようにしている。路面電車は暗い影のようにおれたちの内部でつねに見張っているからだ。子どもたちが路面電車のことを訊ねやしないかとびくびくしているんだ……」そして急に黙りこくり、ビールを飲んだ。話をこのまま続けるべきかどうか悩んでいるようだった。だが結局は口を開いた。「おれは、かみさんにこう言ったんだ。娘が大きくなったら、人目につかないところに連れていって、緑の路面電車のことをあらいざらい話さなければならない。あの娘は世間知らずだから、事故かなにかに巻き込まれるといけないから、と。かみさんは娘と何度か話して、緑の路面電車には気をつけるように注意をした。娘は、ただ笑うばかりで、怖いものなどなにもないわ、だって、私は、闇雲に路面電車に乗るようなタイプじゃないから、とくに緑の路面電車なんかには乗らない、と言っていた。だが、娘が初めてのダンスパーティに出かけた日の帰り道のことだ、夜遅くなったので、おれとかみさんは照明の点いていない停留場で娘を待っていた……」男はふたたび黙り込んだ。私は話を続けるように促さなかった。というのも、そのあとに続く言葉がどういうものか予感したからだ。「すると突然、路面電車が停留場に停車した。おれらが気づかないくらい静かに到着したんだ。ダンスパーティのことでうわのそらになっていた、寝惚《ねぼ》けまなこの娘は、目のまえで開いたドアのなかに入っていった……。娘がなかに入ってから、すぐに路面電車の車体が妙な色であることに気がついた。おれは声を張り上げ、娘を取り戻そうと路面電車に近づいたが、ドアはあっという間に閉まり、おれの手は冷たい曇り硝子の上をどんどんと叩くしかなかった。路面電車は動き出し、闇に消えちまった……」

私たちはしばらく黙っていた。室内の喧騒は、神秘的な海の打ち寄せる波のように強まったり、弱まったりしていた。「二十年もまえのことさ」男はそっと言った。「あれ以来、いちども娘とは会っていない。ただ、暗い部屋の鏡の奥で、娘の顔を何度か見かけたことがある。暖炉の物音に、娘の声を聞いたこともある。初めのうちは引き出しの奥や、本のページに挟まれた悲しいメッセージを時折見つけることがあったが、そのメッセージも徐々に意味不明になっていった。室内に川が流れているホールについて、娘は文章を綴っていた。水面には、青銅の獅子《しし》を乗せた筏《いかだ》が浮かんでいる、とね。それから、化石と化した森のなかで際限なく繰り広げられる饗宴のことやら、濃い霧のなかから給仕が姿を見せるカフェのことなども。娘が書いた文章から判断するかぎり、娘が暮らしているところでは、人間の顔よりも生地のしわのほうが大事にされ、しわにはそれぞれ名前がつけられていて、顔の茂みは冷淡な霞《かすみ》のなかに融け込んでしまっているらしい。そればかりか、娘のいる世界では、言葉もまた、喧騒やざわめきに意味もなく付随するものとして捉えられているようで、重要な伝達を唯一もたらすのがなにかと言うと、喧騒やざわめきなのだった。娘の手紙によると、文字の線がほどかれて紙の上で波打ったかと思うと意味をなさない結び目をつくり、不穏な言葉とイメージの始まりが姿を見せるという。娘のいた世界は、おれたちが捉えるのがきわめて難しいものだった。娘に会いたいと、ほかのなにごとよりも願っている。だが、仮に再会が叶ったとしても、言葉が通じるかどうかはわからんね。おれも、最近になって、こう思うようになった。娘の生きている世界はすぐ近くにあって、おれたちの世界に沁み込んでいるのかもしれないってね。あの完全な世界はおれたちの世界が空っぽと見なすような場所にあり、あの世界の空っぽなところはおれたちの世界で満ち足りているものなのだとな……」

男は話すのをやめ、ポスターが何枚か貼ってある反対側の壁をしばらく眺めていた。そして頭を『家庭庭園』のほうに動かした。しばらくのあいだ私たちは隣り合って坐り、ビールもそれぞれ何杯か飲んだが、どちらからも声をかけることはなかった。隣にいたひとが男をトランプに誘ったので、私は支払いを済ませて上着を羽織った。壁には中国人の顔を想起させる模様が描かれ、ひんやりとした廊下を抜けて狭いトイレに向かった。電気は点いておらず、開け放たれた小窓からは雪の積もった暗い庭が見えた。庭の奥からは、地下寺院で耳にしたのと同じ、間延びした歌が響いているように思えた。廊下の突き当たりで庭に通じるドアを開けると、壁に吹き積もっていた雪で、あっという間に雪まみれになってしまった。夜行性の蛇のように、寒気が袖や手袋のなかを通って無防備な肌にまで這ってきた。背後のドアを閉めると居酒屋の喧騒は静まった。雪の積もった暗い中庭のはずれに立つと、ねじれた木々は雪とは対照的に黒みを帯び、遠くのランプの光が、輝く果実のように、枝の隙間からきらきらと光を放っていた。庭の奥からは静かな魔術的な音楽が響いていたが、その音にはなにかあらがいがたい魅力があった。私は足跡のついてない雪の道を歩き、音が聞こえてくる暗い庭の奥へ進んでいった。荒れ果てた柵の向こうでは、また別の庭が広がっていた。酔っていた私は雪の庭を歩きまわり、葉のない木々のあいだを通り抜けていった。しなびたリンゴが枝についていた。コンポストの山、傾いた物置小屋、空の兎小屋《うさぎごや》の周りを柵から柵へと歩いてみた。謎の路面電車は木々のあいだから姿を見せてくれないのだろうか？　風に揺れる枝以外に動いているものはなにもなく、静寂のなか単調なメロディーだけが響いていた。あとは、遠くで犬が時折吠えている声が聞こえるだけだった。ぼろぼろのあずまやにたどりつくと、儀式の歌だと思っていたのは、風に揺れて、天井のブリキ屋根が作り出した夜の音楽にすぎないのがわかった。あずまやに腰かけると、窓枠しかない大きな窓の向こう側に黒い木々、雪、遠くの光が見え、ねじれた枝が青い雪のキャンバス上に作り出す絵や、悪しき書物のなかの、あのねじ曲がった未知の文字と同じく、眠気を誘う音楽は、意味をなさないものとして響いていた。いったい、私はどこに向かおうとしているのだろう。まだ時間があるというのに、どうしてほかのひとがいる場所に戻ろうとしないのか？　私たちの空間のはずれに位置する夜の庭からふわりと浮いてきたものの虜に、私はなってしまった。

　私はさらに先を歩むことにした。いくつかある柵の穴を這って通り抜けると、庭のはずれで、ようやく街路の照明が目に入った。装飾が施された杭によじ登って歩道のほうに飛び降りてみた。しばらく進むと、バスの停留所にたどりついた。バスを待つあいだ、電球の淡い紫の光のもと、庭の柵に針金で取り付けられた硝子張りの掲示板の下に貼られた色褪《いろあ》せた紙を読んで時間を潰すことにした。掲示板には、庭師組合や旅行会社の案内が貼られていた。ありとあらゆる広告や告知が貼ってあり、「イチゴの苗木差し上げます」とか、「ソファとウェディングドレス売ります」などと書いてあったが、後者には新婦の頭より上の部分が切り取られた、しわくちゃの写真が貼ってあった。端のほうには「冷蔵庫直します」という告知文と、ガリ版で印刷された犬の予防接種申請書のあいだに、タイプライターで記された文章の紙があった。「講義――室内大戦争の最新発見について。水曜日午前二時半、哲学部にて」バスが近づいてくる音が私の耳に入った。ドアがシューと開くと、私はバスに乗車した。

第6章　夜の講義

翌日は水曜だった。掲示には日付が記されていなかったが、わずかに輪郭が現れてきた世界について、すこしでも新しいことを知りたいとの気持ちを抑えられず、早速、夜に哲学部を訪ねてみることにした。旧市街広場から哲学部のほうに歩いていくと、ひとけのない、雪の積もった街路の静けさのなか、電球だけがブーと音を出し、哲学部の巨大な建造物が通りに並ぶ建物の列の終わりで屹立《きつりつ》していた。建物の近くでいったん立ち止まって見上げてみたが、どの窓にも照明は点いておらず、街灯の光が下層階の硝子に反射していた。列柱に囲まれた正面玄関は鍵がかかっていなかったので、私は建物のなかに入ることにした。がらんとした建物の内部を占めていたのは闇と冷気だけだった。誰もいない硝子張りの守衛所を通り過ぎ、幅のある階段を上り、窓が中庭に面している廊下を歩いた。時々、足を止めて耳を澄ましてみたが、建物のなかは墓地のような静けさで、時折響くのは沿岸を走る夜行の路面電車のガタガタという音だけだった。講義室のドアを開け、なかを覗いてみたが、どの部屋も暗く、人影すらなかった。三階にある教室のドアを開けてみると、街灯の淡い光が入り込む、ひんやりとした室内に、コートを着たひとびとがベンチに坐っていた。教壇からは男性の単調な声が響いていた。顎の細い、痩《や》せこけた男性の頬には青白い光の筋が差していた。私は、ドアに近い端の空いている席に坐った。

私は話に耳を傾けた。「数年前にはまだ、わずかな例外を除けば、学界は、見解の一致を見ていた。室内の奥地での大戦争を史実と見なすことはできない、と。参考文献の記録は信頼に足るものではなく、貯金局から竜を追放する地下の祭典と結びつくある特定の儀式を歴史化する過程にこそ、その起源があると判断されていた。戦いについては、あの高名な『獅子の年代記』のなかでも触れられていないではないか、とつねに反駁《はんばく》されていた。ご存じの通り、雨が降っている夜、コンパートメントが停車したのは、フシェノリのアール・ヌーヴォー様式の邸宅のまえのことで、窓は煌々《こうこう》と光っていた。暗い庭の湿った葉っぱが照らし出された瞬間に、照明の点いてなかったコンパートメントの座席にあった年代記がビニール袋から発見されたのは、そのときのことだった。研究者たちは、出典をめぐってあれほどの粗探しをしていたのに、年代記が邸宅のまえで発見された点に疑問を呈しなかったのは驚くべきことだ。邸宅の窓越しに、暗くなった絵の一部が壁に掛かっているのが見え、木立で踊る動物相《ファウナ》をかろうじて絵のなかに識別することができたというのに。そればかりか、カバノキの下の草のなかに描かれた小さなオブジェがデッキブラシにきわめてそっくりであることに気づいた歴史家はひとりもいなかったようだ。デッキブラシは今なお温泉寺院で使われているものと同じだ。ある晩、寺院の司祭は、浴槽の湯気の雲に向かって言葉を発していた。『遠く離れた町の食堂では、料理名と価格がチョークで書かれた黒板に、場末の神による最後の伝言が記されていた。それは、黒くなった花瓶の中身が私たちの空間に向けて息を吐き出すのではないかとの警告文で、かれが語るところによると、息は古くからある星座を蝕むのだという。そして、スミーホフの長い壁の背後で、高速ペンチ機械のツメが様子をうかがっているのも忘れてはならない。涅槃《ねはん》の代役はプロムナードコンサートでは果たせないのだ、とも述べていた』のちに明らかとなったように、絵に描かれた形とブラシの類似が偶然であることとは関係がない（実際のところは、ラテックスの汚れではなく、キノコの絵だった）。もうひとつ頭に入れておかなければならない。動物相《ファウナ》という単語の冒頭のFという文字は、私たちの隣人の文字では、中央と上部で水平に伸びている二本の横木のある垂直な棒の形をしており、つまり、街はずれにある建物とまったく瓜二つの形をしている。偽市長が——下の横木の上に立ち、上の横木に双眼鏡をかけながら——毎晩、女性たちの行進をそわそわしながら眺めている建物のことだ。行進は、ルビーの瞳をした銀色の狼を街へ誘い、ベッド脇の長いカーテンの背後に誘い込もうとしていた。だが、今回、偽市長が目にしたのは、遠く離れた高速道路の車のライトや冷たく光り輝くネックレスだけだった。これは、すべて偶然なのだろうか？　状況が急激に変わったのは、実証主義的な偏見という重荷に悩まされていない若い世代の歴史家たちが登場してからのことだ。最新の研究、とりわけ、引き出し考古学における最新の重要な発見は、実際に戦闘が行なわれていた事実のみならず、いまなお戦闘が継続していることをはっきりと証明している。ゆっくりと回転する灯台が、かれらの英雄の黄金記念碑を照らし出すと、部屋の暗い片隅にある鏡も奥深くから光を放つ。アパートの住人が夜に暗い玄関を抜けてトイレに行こうとすると、足が、ゆらゆらと浮かぶ箱舟の上に乗っかっていることに気がつく。不安定な箱舟の橋を渡り、一大決心をして、足を闇に踏み入れようとするものなど、ほとんどいない。最果ての地では自分の名前すら忘れることができ、そして、絶望した動物たちの乳を幻想的な街の沿岸まで運ぶパイプの鉄の冷たさを額で感じることができる、と多くのひとびとが知っているにもかかわらず。夜には、ペルシア絨毯《じゅうたん》の模様の服に変装した人物を見かけるが、そいつはベッドに突進すると、ベッドの下に野戦電話の線が引かれているのを発見する。塹壕《ざんごう》が部屋の暗い片隅まで延びていて、夕食時は、そこから監視の目を光らせている。すると、子どもが声を出す。『部屋の隅っこになにかいるよ、ちょっと見てくる！』けれども、両親はすぐに声をあげる。『食事中に立ってはいけません！』そう、誰もが部屋の片隅で進行している戦争を考えることを恐れているのだ。建物内部が忘れられたアウステルリッツの戦場になっていて、自分たちのアパートが戦場のまっただなかにあるのを肌で感じているというのに。兵士たちは壁紙を解読し、残忍な文法戦争が慣習にあらがって繰り広げられており、毒性の音楽がほとんどやむことなく響いている。人道的な協定によって本来は使用が禁止されている氷のヴィオラの音も聞こえてくる。破壊活動家の集団は、敵の神話のなかに、新しい人物を紛れ込ませることに成功する。頭に鹿の枝角《えだつの》を生やした悪魔だ。誰が敵で、誰が仲間かを兵士と軍隊に伝えたらどうかという奇妙な提案をする者もいたが、このニュースは大きな反響を呼ばなかった。敵と仲間を区別することは不可能だと主張する者もいれば、両者に違いはなく、識別可能なものはなにもないと述べる者もいた。義勇兵の小隊は、ぶあつい本を一ページ一ページ丁寧に吟味している。だが３４６ページと３４７ページのあいだに、ザルツブルクからの絵葉書が挟まれていたことに気がついたのはだいぶ時間が経過してからのことだった。絵葉書には、相手を気にしないぐらいプリンが冷たいことが記されてあり、そのせいで、公園での新しい神の誕生をめぐるレポートの執筆がハッピーエンドではないものの、終わりを迎えたのだった。クローゼットの暗黒界のなかでは戦没者たちがふらふらとさまよい歩いている。玄関や夜の砂浜での侵攻が行なわれると、戦没者の何人かはふたたび戦闘に加わり、再度命を落としたり、遠くにある冥府に姿を見せたりする。冥府では、草が波打つ夕闇の平野が果てしなく広がり、雪花石膏《アラバスター》製の白い列車が停車しているという。男と男の仁義なき戦いは、クローゼット内のうっとりとするようなジャングルで繰り広げられている。クローゼットにはコートが吊るされているが、研磨された刀が裏側に突き出ているのを知る者はひとりもいない。コートのなかで数カ月にわたって時間を過ごす兵士たちは、もはや人間というよりも、コートと同じ姿となり、思考方法もまた、コートと一体化している（たとえば、始終考えているのは、ビル、記念碑、街灯などがバネのなかにあり、孤独なポニーが街路を歩いている街のことばかり）。考えごとをしていたアパートのオーナーが誤って兵士を羽織ってしまい、そのまま外出してしまう事態が生じる。侮辱されていると感じた兵士は銃を発射しようとするが、柔らかい銃からは、ぼろ切れのような弾しか出ず、くるくると回転して歩道に転がった弾を鳩がついばんでしまう。悲劇的なミスをプロの目で見抜いたのは、カフェのクロークの女性だった。彼女は即座に状況を把握した。というのも、コートの代わりに、兵士やほかのものをクロークに持ち込む者が続出し、始終注意を払っていたのだ。宗教的、あるいは美食的な理由（秋になると、上着の襟《えり》の折り返しのところでは、うっとりするほど甘い果実がたわわに実る）などにより、クローゼットに移住し、時間が経過して、コートそのものになる存在がいるからだ。注意を一瞬でも怠って、偽物のコートを吊るそうものなら、影響が波及して、ほかの本物のコートも息を吹き返し、そのあと、カフェ中を這いずり回ったり、外まで這って出ていく事態が生じるのをよく理解していたのだった。そうなったら、クロークの女性は、追いかけていくほかなく、『認識形而上学の砂丘』に関する試論を執筆する時間などなくなってしまう。そう、クロークの受付をしているのは、じつは、一線級の現代思想家たちが相談に訪れるほどの聡明な女性で、どうしたらよいかわからないと質問を受けたときなど、彼女はこう答えるのだ。『形而上学的な観点から見て、哲学書のなかで、もっとも重要なのは、文字の形。書籍は文字で印刷されているでしょ、文字の太さや細さ、あるいは、ひげ飾りの形（文字を注目させる爪のようなものよ）、これこそが、宇宙のもっとも本質的なものを伝えてくれているのよ』――彼女の思考の奥深さと独創性に、思想家たちは思わずはっと息を呑んだ。そしていまや、クロークの女性たちは、クロークの反対側にある謎のグリーンランドに出かけてしまった。その地にある要塞の内部では、多くの戦没者がさまよい歩いているという――いよいよ明日、我々は、大いなる魚の祭典を迎える。我々の伝統に則って、会場からそう遠くはない、この場所で彼女たちの記憶を称《たた》えようではないか」

着席していた全員が、木の小箱を袋から取り出すと、テーブルに置き、蓋を開けた。ガラガラという音がして、箱から頭を見せたのはイタチだった。箱の正面に前肢を置き、シューシューと音を出しはじめた。聴衆は立ち上がり、気をつけの姿勢をとったので、私も同じように立ち上がった。教室内の見通しはよくはなかったが、隣にいたひとびとは私のまえにシューシューと鳴く動物がいないことに即座に気づいたようだった。非難めいた囁《ささや》き声は室内に広がり、しばらくすると教室にいる全員が私のことを見つめていた。私は、袋をテーブルに置き、そわそわとイタチの入った箱を探す素振りを見せた。だが、しまいには、出口に駆けていき、教室から逃げ出すことにした。長く暗い廊下を走り、廊下の曲がり角で後ろを振り返ってみると、教室のドアが半分開き、イタチの群れが飛び出し、私を追いかけてくるのが見えた。暗闇を走りながら、石の床の上を何本もの肢がパタパタと音を出して走っているのが私の耳にも入った。私はこの大学に五年間通っていたので、廊下のことは熟知していた。同級生の何人かは日中ここで教鞭を執っているが、夜になると、こういった具合で動物たちに追いかけられるとは、まったく結構なことだと思った。階段で差が広がったので、建物の外に飛び出すことができた。だがまだ柱廊を走っていたイタチは全体重をかけて体当たりをしてドアを開け、すぐに私の背後に迫ってきた。私がカプロヴァ通りに逃げていくと、イタチはジャテツカー通りの角にある書店の照明が点いているショーウインドーのまえで、迂回をして私を取り囲んだ。攻撃を仕掛けてくることはなかったが、包囲網をくぐり抜けて、すこしでも外に出ようとすると、そのたびに私の足にがぶりと嚙みつくのだった。

　しばらくしてから、また別のイタチが哲学部から二匹駆け寄ってきた。走ってくるスピードはそれほど速くなかったが、それは引き具のようなものを嵌め、小さな橇《そり》を引きずっていたからだった。橇にはテレビが置かれ、その上にはビデオカメラが設置されていた。テレビの画面には暗い教室で話をしていた男が顔をしかめている様子が映し出されていた。橇が停まると、男は嘲笑《ちょうしょう》するような口調で話をはじめた。「古来の諺にこういうものがある。『空飛ぶ大聖堂ではイタチをフライにできない』。この諺の意味をすこしでも理解できたら、おまえはこんな恥ずかしい状況に陥らなくても済んだはずだ。イタチやテレビを乗せた橇とともに、おまえは記念碑の題材となり、大洋の絶壁の頂上に設置されるかもしれない。対角線が十メートルもある四百インチのスクリーンは、夜になると遠方に向かう船のための灯台のように光を放つ。船の乗組員の大半は海の怪物たちだ。いまでは船員の確保がますます困難になりつつある。船は海を捜索するのではなく、海を引き連れていくものだという今日よく喧伝されている原則に親しむことが難しかったからだ。ある船員が私とふたりきりになったときに、こう語ってくれたことがある。『庭、あずまや、もつれた灌木《かんぼく》を引き連れて、移動することが大切なのはわかっている。だが、いったいどうして自分の海を一緒に連れていかなければならないんだ？　だって、それはまるで午前六時に、単子論を朝食として食べるようなものじゃないか。エレベーターで、女性のかたい鞘翅《さやばね》が衣擦れしているようなギーという静かな音が、壁越しに聞こえてくるときの話だ』と」

そのとき、背後からあえぎ声が聞こえた。振り返ってみると、旧市街広場のほうから、別の二匹のイタチがこちらを目指して走っていた。このイタチたちも、上下に動くビデオカメラ付きのテレビが設置された橇の器具を嵌めていた。私たちのいるところに到着するとイタチは急停止したので、橇が背後からイタチにがつんとぶつかり、イタチは鼻を雪にぶつけてしまった。テレビ画面には別の人物が顔をしかめていた。地下寺院で説教を行なっていた男だった。二台のテレビが向かい合い、テレビの光は汚れた雪の上に反射していた。司祭は話をしている男のほうを向いた。「いったいなにを考えているんだ？　皆、明日の祭典の準備のために動き回っているというのに、おまえはなにを遊んでいるんだ！　機械はそれなりの未来像を描き、僧たちはアスピックを手に入れるべく躍起になっているんだぞ。アスピックには蝶が入っていなかったので、亀が絨毯の上を這っている始末だ。それればかりか、亀の甲羅には、夜の天使を解凍させるものはひとりとしていない、と冒瀆的《ぼうとくてき》な文言がダイヤモンドの文字で刻まれている。それにもかかわらず、おまえは船員やら、海の怪物やらについてぶつぶつしゃべっている！　自分自身が海の怪物だった時代のことを、溺《おぼ》れた者たちのギャングの先頭に立ち、夜、沿岸部のキオスクで盗みを働いた時代のことを忘れてしまっているじゃないか」

だが歴史家はおじけづく様子はなかった。「私のことを想い出してくれてありがとう」刺々しい口調で答えた。「精神的に落ち込んでいた君が、忘却されたキーボードの隙間に生えていた植物を食べようとしたときに、私が君の命を救ったとき以来だな」

「なに訳のわからないことをぬかしているんだ?」司祭はどなり返した。「キーボードは昔から氷のなかで凍っていて、夜は、音楽そして軽やかにはためくドレープに取って代わられているじゃないか」

テレビからは非難したり、罵る言葉が響くようになった。橇の器具を嵌めつけられた二組のイタチはおたがいに歯をむき、シーと音を出していた。威嚇しようとして、テレビを引きずりながら、すこしずつまえへまえへと出てきた。ふとした瞬間に、おたがいに飛びかかって噛みついたりし、テレビは雪のなかにばたんと倒れてしまった。ほかのイタチたちもじっとしていることはできず、司祭、あるいは、歴史家のそれぞれの陣営に分かれて争いをはじめた。しまいには、毛皮の小さな身体同士がもつれあい、雪のなかで転がったり、相手を噛んだり、ミャーミャーと鳴いたりしていた。もはや、私を気にかける者が誰もいなくなったのを確かめてから、ジャテツカー通りをあとにした。

第7章　祭典

翌日の夜、テレビ画面で歴史家と司祭が言い争っていた祭典に立ち会うことができるのではないかと期待を抱きながら、私は旧市街を歩いていた。パリ大通りを抜け、旧市街広場に出ると、明かりの灯ったランプはひとつもなく、建物の窓はすべて暗かった。広場を横切ると、静寂のなか、靴が雪を踏む音だけが耳に入った。ティーン教会附属の学校に近づいていくと、ツェレトナー通りのほうから、透明で巨大なものがガタガタと音を出しながらゆっくり近づいてきた。私は道の端によけ、真っ暗な柱の闇に身を隠した。すこしずつ近づいてくると、それは、地下寺院の礼拝堂で光を放っていた硝子の巨大彫像のひとつであることに気がついた。細い柱の脇で若い少女を抱《ほう》擁《よう》している英雄の彫像だった。柱には亀が結びつけられていて、甲羅からは長く鋭い棘が伸び、高貴な礼服に身を包んだ男の身体がその先端に突き刺さっていた。宝石で飾られた王冠は、額から地面に落ち、無表情な亀の鼻先に転がっていた。彫像は、巨大な橇の上に設置されていた。振動のせいか、きらきら光る魚は落ち着きを失い、困惑した様子で、硝子の彫像のなかを行ったり来たりしながら泳いでいた。しばらくすると、橇を押す何人かのひとの姿が見えた。先が尖り、異常なまでに長く上に伸びている黒い覆面を皆かぶっていて、覆面の両側には銀の突起があった。覆面をした連中は、赤い紐を腰に何重にも巻いていて、両端についている総《ふさ》は正面で結ばれていた。紐には、それぞれ弩《おおゆみ》と重い金槌がついていた。一体目の彫像に続き、次の彫像が現れた。片膝をつきながら、光り輝く巨大な結晶の内部を凝視する男性の像だった。第三の彫像は、戦闘の劇的な一瞬を描いていた。ひとりの兵士が地面に倒れ、剣を手から放したところに、別の兵士がとどめを刺すべく、さっと手を伸ばしていた。だが、頭が犬になっている奇妙な天使が妨害しようと、頭を下げながら降下し、戦闘中の兵士の足に噛みついていた。広場で橇が回転しようとした際、硝子の天使が角の建物にぶつかってしまい、足裏が破損してしまった。破損した箇所から水が流れ出したが、すぐに氷の柱と化していた。広場には、十三体の彫像‐水槽が続々と到着し、覆面の集団は、ティーン教会と市庁舎のあいだで輪を描くように彫像を雪上に配置した。彫像内を泳いでいる魚たちは淡い光でちらちらと雪を照らし出し、魚の輝きは建物の正面で明滅していた。円を形作った、幻想的に輝く硝子の彫像の上空では、市庁舎の暗い塔が聳えていた。

彫像の円のなかで覆面の集団が演じはじめたのは、冷酷な若い神が体験した苦難、死、そして復活を描いた無声の受難劇だった。役者たちの大げさな身ぶりがなにを意味するか完全に理解することはできなかったが、ジャングルでの旅、日差しが照りつける賑やかな港、生気のない宮殿の中庭、夜の庭園での孤独をめぐる戯曲のようであった。ガレー船の鎖の音がかすかに響く波止場の熱くなった大理石の上で、虎が引き千切った身体の断片がひとつになり、狐の皮をかぶった女性の姿によって表現された、途方に暮れた魂が地下世界から帰還を果たすと、覆面をしたひとびとは一斉に歓喜の声をあげ、彫像に近寄って、金槌で叩き壊しはじめた。勢いよく水がどっと噴き出し、硝子の破片が雪の上に散らばり、魚や海の生物も散乱した。恐怖を感じたのか、魚たちは雪の上でバタバタと身をよじりながらその場から逃げようとしていた。だが黒い覆面をしたひとびとが弩を取り出し、ぴくぴく動いている魚目がけて、細い頑丈なロープのついた鉄製の銛《もり》を放ちはじめた。狩人たちは雄叫《おたけ》びをあげ、弧を描いて飛んだロープがぴんと張られる音やぴちゃぴちゃと魚が身をよじる音が響いていた。恐れ慄いたマグロはヤン・フスの銅像の上にばたっと倒れ、石造の彫像の合間に身を隠そうとしたが、銛の鋭い先端に探り当てられ、身体に突き刺されてしまった。私の近くにいたまだらの魚は、排水溝までどうにかしてたどりつこうと、ヒレをばたばたと動かしていた。なかには、雪に身を投げ、生き延びようとするものもいた。ぴくぴく動く魚の尾ヒレ、くねくね動く蛸の触手、透明のクラゲの波打つ肩といったものが、想像世界の植物のように、雪のなかから突き出ていた。ところどころで雪が謎めいた光を放っていたが、それは発光性の魚がヒレで雪を掘り返しているところだった。祭典の参加者たちは、雪のなかで光を放つ斑点《はんてん》を目がけて撃っていた。魚に命中して光が消えると、雪の表面に濁った血がじわっと浮かび上がった。蛸は触手を使って、ロココ様式の装飾の突起物につかまりながら、キンスキー宮殿の正面をよじ登った。すでに屋根の上にいたが、身体に銛が打ち込まれてしまい、屋根窓のほうへ身をよじると、斜面の屋根を転がり落ちてどさっと広場に落下した。しばらくすると、屋根に積もっていた雪が蛸に落ちてきた。何匹かの魚は、運よく難を逃れることができたようだった。巨大なサメがジェレズナー通りのほうへ逃げていくのが見えた。サメは、毛虫のように身を縮めたり伸ばしたりして、雪の上をのたうちまわっていた。しばらくして、血まみれの騒動が収束した。覆面をかぶったひとびとは、死んだ魚を網のなかに掻きあつめ、カプロヴァ通りのほうへ去っていった。

広場はふたたびひとの気配がなくなり、静寂に包まれた。私は列柱の陰から外に出て、血が沁み込んでいる雪の上をひとりで歩いた。そう遠くない場所で、がさがさと雪が動いているのが見えた。状況が呑み込めず、ショックを受けた巨大なエイが、誰もいない広場でさまよい、平らな身体を波打たせて雪を震わしていた。

私は、祭典に参加したひとびとのあとを追いかけることにした。雪に滲む血の染みが、かれらの足取りを示していた。釣り人たちとふたたび遭遇できたのは、マリア広場だった。かれらはすでに覆面を取り、赤い紐も外していたため、先ほどの歓喜の痕跡はうかがい知ることができなかった。くねくねと続く長い列に整然と声を発することなく並び、皆、死んだ魚を入れた網を手にしていた。けれども、列の先になにがあるのかは見えなかった。列はすこしずつまえに進んでいたので、私も列の最後尾に並ぶことにした。それは、スキーのリフトに乗るための列だった。クレメンティヌムの壁には、何十組ものスキー板が立てかけてあった。列に並んでいた者はスキー板を一組受け取って足にはめると、狭いセミナーシュスカー通りからやってくるＴバーに腰かけ、暗くなった街路の奥へ消えていった。順番がやってきたので、私も、スキー板をバンドで固定し、Ｔバーに坐ってみた。ロープがぴんと張り、すこしぐらりと揺れたかと思うと、スキー板が動きはじめ、すでにできていたスキー板の轍《わだち》に沿って出発した。

短いながらも、曲がりくねったセミナーシュスカー通りの角で、Ｔバーはクレメンティヌムの入口のほうに曲がった。ふたつの中庭をゆっくりと通過し（スキーの跡はスウェーデン軍からプラハを守った学生の像のすぐ近くを通ったので、スキーのエッジが石の台座をかすめた）、開いていた門を通り抜けて聖十字架広場に出るやいなや、後方から来たタクシーのヘッドライトで目が眩《くら》み、キーというブレーキ音も聞こえた。それからTバーはモステツカー塔の円天井をくぐり抜け、カレル橋に向かった。まえのひとたちが通ったスキーの平らな轍をたどりながら、雪の積もった彫像の列のまえをゆっくりと進んでいった。黒い木々のあいだから、ペトシーンの斜面の雪が光を放っていた。あたりは静寂が支配していた。バーを重ね合わせてできた軽そうな柱の横を通り過ぎるときにガツンという音が上で響いたり、ひとの乗っていないバーが闇から姿を見せ、反対方向に向かうときに、揺れて軋む音がかすかに聞こえる程度だった。バーは、モステツカー通りのほうへ向かい、黒い車が何台か停まっているだけの、ひとのいない小地区広場を抜け、宮殿の閉じられた門のまえを通り、ネルダ通りを上がっていった。それから、バーは連絡通路を曲がり、狭い中庭の迷宮を抜け、ゴミ箱や空っぽの木箱のまえを通り過ぎたかと思うと、電球の照明がぽつんと灯り、湿って冷たい蒸気を発している階段を上がっていった。暗い溝に沿って玄関に入ると、ひとの姿が正面にぱっと現れたので、私は思わずあっと声を出してしまった。それは靴箱の上に置かれた大きな鏡に映った私自身の姿だった。寝室の隅を通り抜けていくと、寝息を立てて眠っているひとたちがいた。白い大きなベッドでは、男性と若い娘が愛しあっていた。物音を耳にした娘は私のほうに頭を向け、クローゼットの陰に入り、姿が見えなくなるまで、私の目をひと言も発することなくじっと見つめていた。建物と建物のあいだの狭い中間空間を通り抜けていくうちに、謎の小路や隘路《あいろ》が家具の裏に隠れていて、たがいに連結しているのがわかりはじめた。目のまえに開けたのは、高速道路、トンネル、航路が建物の奥深くでねじれて複雑に入り組んでいる光景だった。それは、私たちの制御が及ばない、私たちの世界に編入不可能な空間であり、私たちはむしろその存在そのものを否定することを選択してきたのだった。このような静かな空間に対する私たちの鈍い傲慢さは、いつの日か、あの光を放つ動物たちが私たちの住む側に姿を見せて、私たちがこの暗い道をさまようことになったら、ひどい仕返しを受けることとだろう。建物の内部は、想像よりもはるかに大きいものだった。知っているつもりでいた居住空間は、ほんの一部にすぎなかったのだ。そこには、陰鬱なフレスコ画が壁に飾られた、湿った石のホール、草木の生い茂る楽園のような庭園、それから、冷たい水の噴水が大きく噴き出しているアトリウムなどがひそんでいた。謎の空間と居住空間は、部屋の隅やクローゼットの後ろにあるカムフラージュされた通り道でつながっている。だが、通常、私たちは、生きているあいだに、そこに足を踏み入れることはない――けれども、生活を一変させ、新しいものにしようと決心するとき、私たちが否定してきた場所から吹いてくる息吹のなかで、なにかが熟成しているのをわずかながらも感じ取るのだ。

開いていた門を通り抜け、建物や廊下の迷路からポホジジェレッツの広場のはずれに出ることができた。そこでは、祭典の参加者たちがつどっていた。かれらはすでにスキー板を外しており、いくつもの群れをつくり、立ったまま、湯気が出ている紙コップを手にしていた。Tバーのロープは広場上部にある礼拝堂の扉のところまで伸びていた。礼拝堂の隣では、巨大なテントの白い布が風でぱたぱたと音を立てていた。開いていたドアを通って、バーは私を礼拝堂のなかに導いた。内部は暗かったので、聖なる建造物というよりも、むしろ貨物列車のような趣きだった。その端には、暗闇のなかに祭壇の輪郭が浮かび上がり、祭壇のまえではリフトの回転台がキーという静かな音を規則的に出しながら回転していた。祭壇はほんわりとした光を放っていた。近づいてみると、祭壇は魚で覆われているのがわかった。魚の数はあまりにも多く、バタバタと床に落ちていた。何匹かの魚は床の上でしばらく動いているのだが、すぐに微動だにしなくなっていた。回転台に近づいたので、私はバーを外して礼拝堂の外に出てみることにした。

するとと、背後から私の肩をぽんと叩く者がいた。振り返ってみると、グレーの長いコートを羽織り、髭をたくわえた男性だった。私は、すぐに《小地区カフェ》から男を大理石の路面電車に担架で連行した二人組のひとりであることに気がついた。歯をむき出しにしているピラニアが描かれた腕章を腕にはめていたので、おそらく主催者のひとりだったのだろう。

「どうして、魚を持っていないんだ?」男は陰気な声で訊ねてきた。まったく、いったいどうして動物を始終持っていなければならないんだ? 「いやあ、ある建物の玄関のところで、犬が飛びかかってきてね、私の腕から魚を奪い取ってしまったんだ」私はそう答えた。

「一緒に来てもらおう」男はそっけない声で返事をした。私の腕をしっかりつかむと、群衆を抜けて、白いテントに私を連行した。ぎこちなく彼と連れだって、スキー板を滑らせながら斜面に向かった。

テントの中央ではランプが灯っていて、ふたりの人物の横顔の影が正面の布に浮かび上がっていた。そのうちのひとりは音を立てずテーブルに坐り、なにかものを書いていた。顎が尖ったもうひとりはテーブルのまえに坐り、お辞儀をしたり、身体をひねったり、うなずいたりしていた。薄い布の向こう側からは言葉を交わす声が聞こえてきた。身体をひねったり、お辞儀をするひとはうめき声をあげた。「閣下、お許しくださいい。私がしでかしたことは言語道断であり、無責任なもので、弁解の余地はございません。先ほど、生意気にも閣下の命を救ったと申し上げてしまいました。が、もちろん、閣下にどれほどの恩があるのかも、重々承知しております。初めてお目にかかったとき、私は、単なる海の生物にすぎず、乾燥した土地の生活についての知識は皆無でした。頭よりも、鰓《えら》を使ってものを考えていて、溺れたものやごろつきたちと仲良くなりましたが、私は結局のところ奴らよりもましだというわけではないのです。今日の私は、閣下がいなければ存在しません。閣下が道徳というぬかるみから私を解放し、海藻をほどいてくれたのですから……」

「わかった、わかった。そのことについてはまた今度話すことにしよう」坐っていた影は気分を害した様子で相手をぞんざいに扱った。男はあいかわらず悪意たっぷりに、私の腕を片手でぎゅっと握っていて、もう一方の手で腕章の両端を留めていたボタンを外し（羽毛布団や枕カバーに使われているような白い糸でできたボタンだった）、私をテントのなかに誘導した。テーブルのまえで身を屈めていたのは、夜の哲学部で講義をしていた人物であり、坐っている男性は、帰還する怪物について地下寺院で説教をし、同時に、暗いカプロヴァ通りの雪上で光り輝くテレビ画面から相手を罵っていた人物だった。

「なにごとだ？」坐っている男はテントの入口に立っている私たちを見て、うんざりした様子で訊ねた。「また誰かが、禁止されている時制でもつかったのか？　いいかげんにしろ、いずれにしても、じきにすべてが許容されるようになるはずだ。すくなくとも白い化け物の時制とジャングルの時制は許容されるはずだ。時制の禁止なぞ、そもそもまったくのナンセンスだ。動詞の活用語尾はまったく害がなく、光り輝く機械を破壊してしまう悪しき音楽とはなんの関係もないことぐらい、皆、とっくの昔から知っているじゃないか」

私を連れてきた男は、連行してきた理由を述べるのに突然恥じらいをおぼえたようだった。「この男は……魚を持っていませんでした」男は視線を下げたまま、どうにか小さな声を絞り出し、顔を赤らめた。

歴史家は思わずよろめき、テーブルの角に寄り掛かった。私が何者かすぐに気づいたようだった。というのも、呆気にとられた様子でこう囁いたからだ。「イタチもない、魚もない、なにもない、なんにもない」囁きは静かな啜り泣きへと変わり、苦痛で歪んだ顔は、本来の姿である海の動物の輪郭が戻りつつあるかのように、目が膨み、まぶたは硬直し、唇は丸くなっていった。しばらくすると、私は大きな魚に見つめられているような感覚をおぼえた。

だが、坐っている司祭のほうはというと、このような告発の影響はまったく受けていないようだった。ペンを置き、黙ったまま、悪意のある笑みを浮かべて、楽しげに私を見た。私は古本屋の棚で菫色の装丁の本を手にしたことを後悔しはじめていた。私を連れてきた男はあいかわらず困惑した表情を浮かべ、ぴくぴくと身体を震わせながら、靴の足先を注視していた。腕をつかむ力が弱まったのを感じ、私は即座に男から身体を離し、テントを飛び出して、釣り人の集団のあいだをスキーでジグザグに滑降した。やがてウーヴォスの通りにたどりつき、今度は、急なカーブをさっと降り、追跡者を攪乱《かくらん》すべく、右に曲がってストラホフの暗い庭園を抜けて、雪の斜面を下った。木立ちの合間で、いちど立ち止まって上を見てみたが、なにかが動いている気配はどこにもなく、夜の静寂を妨げるものはなにもなかった。

第8章　ポホジェレッツのビストロ

　奇妙な生命が宿り、私たちの街よりも古くから存在する、だが私たちがなにも知らない世界が私たちのごく身近に存在することなどあるだろうか？　このことを考えれば考えるほど、私はこう思うようになった。それは十分にありうる話だ、私たちの生き方を反映しているにすぎない、と。というのも、私たちは限られた円でしかない自分たちの世界から離れようとしないからだ。境界の向こう側から、私たちの規律を蝕む、暗い音楽が響いている。その音を耳にすると、私たちは不安をおぼえ、片隅の暗がりで蠢くものにも怖れを抱く。私たちの世界が破壊され、崩壊しつつあるのか、それとも街を狩猟場に変える新しい動物相《ファウナ》が生まれようとしているのか。あるいは、私たちの住居をゆっくりと徘徊している化け物の軍隊の前衛なのかどうか、私たちにはわからない。そうであるがゆえに、向こう側の世界で生まれているものを、私たちは目にすることはなく、夜、壁の向こう側から聞こえてくる音に耳を傾けようとしないのだ。私たちの現実は、私たちの世界に入り込んだもの、単調に繰り返されるいくつかのゲーム内の物事や出来事と関連づけられるものに限定されており、それらの相互的な関連に言及するとき、あたかも、それらが理由、原因、意義であるかのように扱っている。私たちの世界の組織を形成するこのゲームは、硝子の彫像たちの夜の祭典とさほど変わらない、身の毛のよだつ奇妙なものだ。仮に誰かが向こう側から——たとえば、私たちの本棚の隙間から——私たちを覗くようなことがあったら、アーケードの暗闇から魚の祭典を見つめていたときに高揚感を与えるあの重苦しい儀式をまえにして、私が感じた落ち着きのない驚きと同じ感情をおぼえることだろう。そして、私たちを一瞥《いちべつ》して、不安と暗い称賛の表情を浮かべながら、「なんという怪物だ！」と言葉を発するにちがいない。

私たちが閉じ込められているこの世界は、あまりにも狭隘《きょうあい》なもの。自分たちが所有していると思っている空間の内部ですら、自分たちの力の及ばない場所がある。生物の棲みついた洞穴があったとしても、その生物の故郷は暗闇の境界の向こう側にある。私たちは物の反対側や内部にある洞穴——これらは、私たちのゲームへの参加を拒絶している——と遭遇すると、奇妙な不快感に取り囲まれていることに気づく。掃除をしようとして棚を動かしてみると、皮肉なまでに無関心を装っている棚の裏面を目にする。裏面は、その表面に投影されている暗い部屋を凝視している。テレビの背面カバーのネジを外そうとしてもつれた配線に指で触れるとき、転がった鉛筆を拾おうとベッドの下にもぐり込もうとするとき、私たちが姿を現すのは、謎の洞窟のなかなのだ。洞窟の壁は神秘的な埃に覆われ、その埃はかすかに揺れている。そこでは悪しきものがゆっくりと熟成され、ある静かな昼下がりに、光に向かって這い出していく。私たちにとって存在しているものというのは、私たちのゲームの一部になっているものだけなのだ。ゲームの境界の先にある世界について私たちがなにも知らないのは、けっして不思議なことではない。日常の喧騒のまっただなかで祭典が行なわれたとしても、私たちは気づきもしないだろうから。

　私は、大学図書館の図書館員が述べたことを思い起こした。境界の向こう側で生きているものの姿を目にすることはできない、なぜなら、その存在はほかの異なる感覚の源から栄養を得ているため、私たちの視線は捉えることができないのだ、と。だが、それらが目に見えないのは、私たちが視線を見事に馴致《じゅんち》し、狭い出口しか残さなかったからではないかという印象を、私は強く持つようになった。自分の目がたどる道を厳格に制限しているのだとしたら、それは、視線が片隅にいる怪物を暗に察しているのを私たち自身が意識しているという証拠にほかならない。見覚えのある化け物と遭遇し、言葉を交わすことになるのではないか、昔年の親交を想い出し、忘れ去った共通の言葉を想い出すのではないかと、私たちはひそかに恐怖を抱いているのだ。

翌朝、前夜の出来事を経てどうなっているか一目見ようとポホジェレッツに出かけてみた。だが、ほんの数時間前、ここに礼拝堂、テント、スキーリフトがあったような痕跡はかけらもなかった。昼間の世界にしっかりと結びつけられ、固定されていないものはなにも見つけることはできなかった。日中のこのような時間帯に、小さな広場に人影はほとんどなかった。まもなくこの場所を埋めることになる観光客は都市部のホテルで朝食をとっているのだろう。氷のように鋭い風が高台を通り抜け、凍てつく吹雪のなか、固くなった雪が積もった車が一台だけ停車していた。大きな窓のあるビストロが一軒だけ、すでにオープンしていた。私は温かいコーヒーを飲みたくなったので、ビストロに入ることにした。

内部は奥行きがそれほどない細長い空間になっており、手前のほうでは雪の積もった広場から静かな光が窓に差し込んでいた。奥にあるバーカウンターの上には、水滴のついたグラスと、砂浜が描かれた絵が薄暗がりのなかでそっと光を放っていた。小さなテーブルにはふたりの老婦人が向かい合って坐っている。朝のコーヒーを飲みに訪れた近所の住民だろう。私はカフェやビストロの空間でお気に入りの場所に腰を下ろした。肌寒い光景を差し出す窓硝子に面するテーブルがあり、誰も坐っていない、向かい側の椅子が、静かな、聡明な動物であるかのように私を眺めていた。窓越しに広場を見ていると、突然、心地よい男性の声が私の頭上に響いた。注文を取る声だった。給仕は足音を気づかせないほどそっとテーブルに近づいてきた。私は振り向いて、お辞儀をしている給仕の顔を下から覗き込むと、給仕は私の椅子のすぐ隣に立っていた。それは、地下寺院でミサを執り行なっていたあの男だった。可動式のテレビセットから歴史家を罵倒した男であり、魚を持っていないという理由で警備員が私を連行していって引き合わせた男だった。私はスキーを使って夜の公園をどうにか逃げてきたが、追跡者はこの心地よいビストロでカラフルな甘いリキュールを飲みながら、私を待っていた。つまり、私はかれの手から逃れることはできなかったのだ。けれども、司祭であるはずの給仕が私に飛びかかってくることはなかった。そればかりか、丁寧な表現はそのままに、前傾の姿勢を取った身体をまっすぐに戻すこともなかった。軽い困惑をおぼえながらもコーヒーを注文すると、給仕はカウンターに向かった。

コーヒーを運んできたのは、暗いドレスを身にまとった、かよわそうな女性だった。長い袖に手を通した彼女が、コーヒーカップをのせた洋銀のトレーをテーブルに置く様子を見ていると、巣穴から日の当たるところに用心深く出てきたものの、不審な物音を耳にしてすぐにまたなかに戻ろうと構えている動物を思い出した。私は思わず訊ねた。「あの給仕の方は夜の祭典がお好きですか？」

手にしていたトレー上のカップが、静かにカチャッと音を立てた。「あれは、私の夫です」と意気消沈した様子で答え、バーカウンターのほうをちらりと見た。給仕がドアの向こうの厨房に姿を消したのを確認すると、今度は、ゆっくりと不安が熟成されたような声で言った。「どこで私の夫と会われたか、教えてくださいますか？」私はテーブルの空いている席に坐るよう告げ、ペトシーンの寺院、カプロヴァ通りのテレビ、魚の祭典について話をした。女性は顔を窓に向け、白い広場で二匹のベージュ色のプードルが走る姿を目で追いかけた。

「どうしたらいいか、わからないんです」女性はやっとのことで声を出した。「夫は、どこか知らない街の住人なんです。もうかれこれ、二十六年も一緒に暮らしていますが、私にその話をしてくれたことはいちどもありません。一番信頼し合っているようなときですら告白してくれたことはなく、私からも訊ねたことはありません。ですが、家の片隅や家具の奥にもうひとつの街の痕跡を事あるごとに見つけています。厳《いかめ》しい表情をした神の像、時折、目に嵌められた赤い電球が音を出したりチカチカしたりする鳥や亀の形をした器具、見知らぬ文字が印刷され、虹のように輝く挿画のある書籍。その挿画には、原生林のなかの寺院と虎が描かれていました。夜、夫が出かけていくのは、なにかの祭典のためだというのはわかっています。ですが私は、もうひとつの街についてはなにも知りません。黄金に囲まれた巣穴だらけの迷路なのでしょうか、住居と住居のあいだの隠れた空間に口を開けている無限に続く宮殿なのでしょうか、夜に平原で広げられる移動テントが象る輪なのでしょうか、それとも私たちは皆幻覚を見ているのでしょうか？　夫がその地の王なのか、はたまた召使なのかもわかりません。ただ重要な地位を占めているのはたしかだと思います。もうひとつの街で刊行された新聞を何度か見たことがあるのですが、夫の写真が紙面に掲載されていたんです。私はもうひとつの街に行ったことはありません。あの街は、手が届くくらいすぐ近くに、壁の向こう側にでもあると思うのですが。夜の静寂のなか、声が聞こえてくるんです。そればかりか遠くの並木道の喧騒、鐘の鳴る音、遊歩道でのコンサートの音も聞こえます。この壁の向こう側に、この家の、私の知らない空間に謎の海があるはずです。船の汽笛、大波が岸壁にぶつかる音が聞こえるぐらいですから」

私はゆっくりコーヒーを飲みながら、悲しげな語りに耳を傾けた。雪の積もった歩道には観光客の一群が現れ、外交官の黒塗りの車が数台広場を横切って、外務省へと向かった。「これまで私は、自分の人生の本当の故郷とでもいうべきものに憧れを抱いてきました。今、私が暮らしているのは理解不能な寺院の玄関にすぎず、その匂いは家具の穴にまで沁み込み、すべての物に浸透しています。日常的な物に触れるのも嫌になることすらあります。誰かが私たちに一時的に貸与したもので、本来の目的とはまったくかけ離れた用途で私たちが使用しているように思えるからです。娘が生まれた時、夫はもうひとつの街のことを忘れてくれるのではと期待を抱きました。夫が家族と向き合い、家族での居場所が、壁の向こう側にある故郷からの帰還を促すようの理解したのは、もうひとつの街は、家族の絆に勝る魅力によって夫を引きつけていたということでした。私はしまいには孤独と折り合いをつけるようになりました。幸いなことに、娘はもうひとつの街とはなんの関わりもないのだと自分に言い聞かせ、自分を慰めました。娘の暮らしぶりは手に取るように理解していて、怪しいところは一切ありませんから。気立てが良く、今は教育学部でチェコ語と体育を専攻しています。時間のあるときは、お店の手伝いもしてくれます……。ですが最近すこし不安なんです。娘と夫のあいだに妙な共謀関係が生じているのではないか、って。ほとんどいつも一緒にいますし、いつもふたりでなにか話し合っています。あるときなど、娘が見知らぬ文字が書かれた書物に見入っているのを目撃したのです。どこかであの本を見つけ、たまたま開いただけかもしれません。私たちの世界に生まれ、二十年も一緒に生活をしている娘が境界を越えて、別の空間の住人になるなどありえないはずですから。ですが、ここのところ恐怖に駆られて一晩中寝つけないのです……」

厨房のドアが開き、給仕はクリームオムレツの皿を二枚載せたトレーを手にしていた。老婦人のほうに近づいていったが、一秒というわずかなあいだに、扉のところから私のテーブルをちらっと横目で見たかのような印象を受けた。給仕の妻はなにも言わずに立ち上がり、入店したばかりの陽気でにぎやかなグループ客の相手をした。その後もしばらくビストロで時間を過ごしていたが、妻はもはや私に言葉をかけなくなったばかりか、夫が厨房にいるときですら私に注意を払わなくなった。給仕は私のテーブルの周りを行ったり来たりし、「室内が寒くて申し訳ありません、これだけの寒波だとセントラルヒーティングも部屋を暖めることができませんでね」と詫びの言葉を述べた。自慢の一品だと言って、べたべたするクリームロールのようなものを私に勧めた。夜にふたたび遭遇したら、かれはいったいどういう表情を見せるのだろう？どの道を通って、どの壁に沿って、私のあとを追いかけるのだろう？　警備員が私をふたたび連行してきたら、かれは私にどういった罪を言い渡すのだろう？

私は店の奥に向かって、勘定書きをひらひらと振ってみせた。その瞬間、ドアが開き、ウェーブのかかった黒髪の日焼けした娘がカラフルなナイロンのスキーウェアを身にまとって姿を見せた。私が勘定書きを手にしているのを見ると、大きな声を出して言った。「私が行くわよ、お母さん、こっちは大丈夫」「ありがとう、クラーラ」と奥から声が響いた。娘は勘定書きを手にすると、コーヒーとクリームロールの料金をゆっくり数えはじめ、計算を間違えるとにこっとした。精算をどうにか終えると、私のまえに勘定書きを置いた。その紙に記された数字の下には、大きな、すこし子どものような文字でこう書いてあった。「もうひとつの街のことを知りたかったら、日常では見られないものを見たかったら、明日午前三時、小地区の聖ミクラーシュ寺院の鐘楼《しょうろう》に来て。扉は開いているから」石のようなこわばった表情を浮かべて、私が支払いを済ませると、チップに対して、娘は明るく礼を告げ、家族のいる奥へ走っていった。外に出ると、私は街の下のほうへと進むことにした。

第9章　鐘楼にて

午前三時前、聖ミクラーシュ寺院の扉を開け、暗い身廊を通り抜け、私は螺旋階段を上がって鐘楼にたどりついた。壁には雪が吹きつけ、石の手摺りには誰にも触られることのない雪が積もっていた。上方にはプラハ城が聳え、眩いばかりの満月の光のなか、聖ヴィート大聖堂の斜めの屋根は青白く、雪のように輝いていた。上空はくっきりと浮かび上がった星であふれていた。眼下の奥まったところには小地区広場があり、汚れた緑色の蛍光灯が緩やかな斜面に光を注いでいた。タクシーが広場を横切って、トマーシュスカー通りのほうに消えると、動くものはなにもなくなった。

すこしして門が開くと、その先に階段が続いているのが見えた。門のところでは、ぶあついダウンジャケットに身を包んだビストロの娘がいた。ダウンジャケットのボタンは外されており、黒いセーターの上で真珠のネックレスがきらりと輝きを放った。娘は石の手摺りに寄り掛かっていた。ペトシーンの丘の放送アンテナの点滅する赤い光が彼女の黒髪に光を落としていた。「下のほうでは、また祭典でも開かれるのかい？」と私は訊ねた。娘は答えなかった。眉毛と頬骨の下に深い影が刻まれた彼女の顔から読み取れるものはなにもなかった。

「ダルグースの聖なる身体を虎が引き裂いたことは、あなたにはわからないでしょう」娘は、突然夜の静寂のなか、見下すような耳障りな声を発した。「あの方が熱を出しながらも、ひとのいない公園をさまよいながら歩いていたり、寺院の床に嵌められたきらきらと輝くモザイクの上で狡猾な司祭たちと長ったらしい論争をしたことも、あなたにはわからないでしょう。司祭たちは三段論法を用いてあの方を打ち負かそうとした。その議論の主たるものは地下に住む馬の隠れ家だった。あるいは、きらめく黄金の甲冑をまとった一万体の褐色のミイラの軍隊を指でたえず示しながら、あの方の気を逸《そ》らそうとしたの。その軍隊は寺院の扉が開かれたときにちょうどそのまえを通過し、通りの埃を蹴り立てていった。あなたは、どうして私たちの問題に首を突っ込むの？　これだけは、おぼえておいて。境界を越えようとする者は、突き出てねじれた針金に引っかかってしまうの。針金は切れていると思うかもしれないけど、星座のあいだをさまよう星がじつは硝子の表面にしっかりと刻まれているように、それが針金の本来の形。私たちの街へ侵入を試みる者は、いったんなかに入ってしまうと、二度と脱出はできない。古い壁に走っている裂け目という裂け目が交錯する網目のなかに顔は消えてしまい、風に揺れる灌木の動きのなかに体の動きは埋没するはず。私たちに打撃を与えることができるなどと考えないほうがいいわ。私たちの街の境界領域へ侵入することは、五千年もまえの森林の開拓地で、目に冷たい炎を浮かべながら翼のある犬の像を倒したひとびとの記念碑を冒瀆することなの。あのひとたちは、往々にしてあるように、その後にみずからもまた翼のある犬となったわ。あなたは、ここでなにを見つけたいの？　宮殿内部の中庭にある泉にたどりつき、わが哲学者たちが注意深く耳を傾ける泉の音を耳にすることができたとしても、宮殿図書館の一室を通って、炎の文字が黒い紙に躍っている重々しい書物のページがあなたのまえで開かれたとしても、理解できるものはなにひとつないはず。あなたたちの街にいるひとびとは皆、いかに鈍感で、なんと扱いにくいことか。あなたたちは自分たちの原初の言葉を忘れてしまった。私たちがこの言葉を用いて音を立てずに話しているのを沈黙だと思っている。あなたたちの空間を仕切る境界の先に見えるのは、混沌、歪み、崩壊。こつこつと働いて、たえずなにかをつくっているように見えるけど、あなたたちの営みはすべて、失ってしまった起源を熱に浮かされながら探しているだけなの。あなたたちが建造物を建てようとするのは、見込みがないながらも黄金の寺院や宮殿の改良を試みているのと同じこと。黄金の寺院や宮殿の形状は、あなたたちの記憶の暗い奥底にこびりついてしまっている。そしてまた、探し求めているはずの本物の生きている遺産と遭遇する可能性のある唯一の空間を、不安や嫌悪感をおぼえるがゆえに避けてしまっているの。その領域を見下しているがためにね。あなたたちの世界の辺境で感じる恐怖はかつての世界に回帰して感じる悦楽の始まりで、境界の森林で消失することは輝かしい再生にほかならないということに気づいていない。廃品処理場や街はずれのゴミ捨て場のどこかに腰かけて、朽ちて、腐食していくマスクの下から姿を現す形はどういうものか、想いをめぐらしてみるといいわ。そうすれば、計画や充足という目まぐるしく回転する円のなかで留まることなく、あなたたちの旅の秘密の目的地に近づくはずだから」

私はにやりと笑った。「どうして、ずっと《あなたたち》とか、《あなたたちの街》って言うんだい？　だって君は、ぼくたちの世界で育ったじゃないか。一年前にはまだ、別の、もうひとつの街が存在するなんて、君も知らなかったんだろう」

娘は私に近づいて、笑みを投げかけた。「日常では見られないものを見せると約束したわね」娘は突然横から私に抱きついた。背後から片腕を私の首に回し、もう一方の手を肩に置き、黒い影のなかで湾曲した回廊のほうに私の身体を傾けた。「あそこ、影のほう。もっと先に行って、もうすこし先へ」と私の耳に小さな声で囁き、私に体重をかけながら暗い回廊のほうへ私を押し出したが、娘はその間ずっとにやにやしていた。私の肩に顎をあてながら楽しそうに、こう言った。「どうしたの、まさか、怖いなんてことはないわよね。私たちの街を調べたかったんでしょう。こうするしかないの。まず初めは鐘楼から」

娘の明るさには悪意が込められていた。回廊の湾曲部の先にある深い闇をまえにして、なにか怖ろしいものが待ちかまえているのではないかと思い、私は恐怖をおぼえた。だが私は彼女の腕を振りほどくと、暗い影の境界の先へとひとりで向かうことにした。彼女の言ったことに間違いはなかった。私は、もうひとつの街の探索旅行に出発した。背後から静かな笑い声が聞こえた。月明かりと先が見通せない闇の境界にたどりつくと、闇のなかから雪をかぶったなにかが隆起し、私に落下してきた。手足のない、重く冷たい身体が私にのしかかり、あまりの重さに私は押し倒された。物体の上に見えたのは、サメの頭だった。邪悪な小さな目が左右にあり、半開きの口から見える白い歯が月明かりに照らされて煌々と輝いていた。私はサメをどけようとしたが、びくともしなかった。すると、サメは私の肩に嚙みつこうとした。さっと身を引くと、襟の一部が嚙み取られただけですんだ。私は黙々と雪上でサメと格闘した。目には眩いばかりの月明かりが入ってきた。下方にある建物の屋根裏部屋の窓に明かりが点き、パジャマ姿の眠れない男が台所へ向かって戻ってくる様子が目に入った。私は助けを求めたが、サメと悪意ある娘以外に、私の声は届かなかった。すぐに屋根裏部屋の明かりは消えた。

娘は爪先立ちで私に近づき、私の上で身を屈め、彼女のネックレスが私の額に軽く触れた。私をなだめるかのように静かな声で話した。「これまで生きているあいだ、あなたは冷たい硝子越しに世界を見ていたの。カフェの窓、列車の窓、山小屋の硝子張りのテラスを愛していた。あなたのことはよく知っているわ。硝子の向こう側では安全と感じるでしょ。どうして避難所から出てきたの？　どうしてジャングルに向かう道に足を踏み出したの？　カフェ・スラヴィアにいれば、サメが客を襲うようなことはめったにないわ。どうして、あなたは、頼まれてもいないのに見知らぬ街へひとりで足を踏み入れようとしたの？　じきに、サメは、鐘楼の回廊の周りで噛み取ったあなたの頭をころころ転がし、私たちの子どもたちは学校であなたを話題にした童謡や数え唄を習うはずよ」

門が開き、あの給仕が姿を見せた。娘はゆっくりと身体をまっすぐにし、格闘の様子が給仕にも見えるように脇に下がった。給仕はにやにやと満足そうにうなずいた。娘は私にかまわず、父のもとへ行った。父は娘を抱きしめると、頰に口づけをした。満天の星の下で身を寄せ合うシルエットを私は下から眺めた。奇跡かなにかが起きて、鐘楼から降りることが叶ったとしたら、あの給仕にクリームロールを勧めるようなまねは絶対させないと、そのとき、心に誓った。その後、給仕は娘の手を取り、開かれたままの門の暗い開口部を進み、ふたりは姿を消した。私は眠っている街を見下ろしながら、鐘楼の回廊でサメとふたりきりになった。

それからしばらく、私たちは雪のなかで格闘していた。サメを払いのけることはできなかったので、噛みつかれないよう防御を試みた。けれども、私の力は徐々に尽きようとしていた。かの動物はそれを感じ取り、最後の一撃を加えようと起き上がった。サメが巨大な身体を持ち上げ、私の頭を呑み込むかのように口を大きく開けたその瞬間、私は残っていた力を振り絞って、跳び上がってサメに全体重をかけた。不安定になったサメはバランスを崩し、手摺りに倒れかかった。そしてサメの身体は闇のなかへ落下していき、聖ミクラーシュ寺院の欄干に設置されていた石像が手にする大きな鉄の十字架に突き刺さった。死が訪れるまで痙攣しながら身もだえしていたので、鉄の十字架にますます喰い込んでいった。しばらくして動きはやみ、サメの身体はぶらりと垂れ下がって、夜にはためく旗のように十字架に吊るされていた。よろめきながらも、私はどうにか寺院の階段を降り、冷たい床に倒れ込んで、柱の土台部分で眠りに落ちた。

第10章　冷たい硝子

朝方、観光客の声で目を覚ました私は、人目につかないように観光客のなかに紛れ込み、寺院をあとにした。外は身が凍えるほど寒く、空は青く晴れ渡っていた。歩道やショーウインドーはまだ雪で覆われていたが、建物のファサードや雪の積もった屋根には太陽の光が注いでいた。寺院の壁沿いに下の広場のほうへ歩きながら、空を見上げてみた。行き交うひとびとの頭上では、十字架に突き刺さったサメの身体が日光を浴びてきらめいていた。広場を歩くひとのなかで、死んだサメに気づいた者はひとりとしていなかった。暗闇の片隅と同じように、高所もまた、私たちの空間から切り捨てられてしまっていたのだ。奇跡の島のような、私たちの頭上にあるファサードの謎めいた景色について、私たちはなにを知っているのだろう？　もし、寺院や宮殿もある黄金の街が屋根の上で発展していたとしても、気づく者はいるだろうか？　あの狭い廊下に足を踏み入れたことのない子どもだったら、気づくかもしれない。廊下は、私たちが自分のイメージを求めて夢遊病者のようによろめきながらたどりつくところであって、意味に充溢《じゅういつ》している。あるいは、この廊下のおかげで魅力ある最終目的地を見失い、廊下から姿を見せた敗残者ならば気づくかもしれない。最終的な敗北がぱっかりと口を開け、光り輝く新しい空間のなかを、目的なくさまようひとであれば、亡くなった神たちの伝言が刻まれているのをふとした拍子に目の当たりにするかもしれない。そう、建物のファサードこそが書物のページであるというのに、一生涯かけても、私たちはその伝言すら見つけることができない。

私は、ミルクバー《ウ・フラデプ》で朝食をとることにした。カウンターのハイチェアに腰かけ、マーマレードのクレープをナイフで切った。なにはともあれ、クララが鐘楼の回廊で話していた硝子のことを考えずにはいられなかった。彼女の意見のすべてに同意することはできなかったけれども。残念なことに、議論するのにふさわしい状況があのときはなかった。私は先の尖ったナイフの圧力でクレープが切断されていく様子をじっと見つめた。両端が持ち上がり、半開きになる螺旋状の切断面から圧力が加えられたマーマレードが流れ出し、濃縮された滴《しずく》となって皿の上にぽたりと垂れた。より快適な環境であったら彼女に答えたであろうことを頭のなかで反芻した。小地区の鐘楼のある階段で繰り広げた海の怪物との闘いという悪ふざけに対する返答を。「私たちの生についてまわる出会いの際に感じる恐怖はどういうものか、私はわかっている。本当の出会いはどういうものであろうとも、既存の世界を破壊するものだ。私たちの世界の境界の向こう側にある空間からやってくるもの、私たちの世界を壊すものを醜悪なものと呼ぶ。つまり、本当の出会いとは、怪物との出会いを指すんだ。窓硝子が隠れ家の壁となり、危険な出会いや怪物から私たちを守ってくれているという想定は、もしかしたらまやかしかもしれない。いやむしろ、私はこう思っている。それは正反対であって、日常生活を支配する執拗なまでの近さが出会いを不可能なものとし、私たちの世界をひっくり返し、奇妙な救済をもたらす怪物なるものを覆い隠しているのだ、と。近接する空間は、私たちが演じているゲームの配役と覆面だけを見ているひとつのシーンでしかない。冷たい硝子は近くにある空間を破壊し、さまざまな目的を持った網目や現実を覆い隠す蜘蛛《くも》の巣を引き裂いていく。私たちは硝子越しにしか見ることができない。夢のように緊迫した身ぶりの波のなかに、存在という謎の川が出現する。ドレスの襞は刻一刻と変わりゆく魅力的な文字を描き出すが、私たちはその意味を考えはじめたばかりだ。ものの内部から燃え出ている、突き刺すような色の輝きのことを。私たちが遭遇できるのは、実際に目にしたものだけ。なにかを眺めようとして、冷たい硝子の向こう側に坐っているものは、隠れ家を探し求めているのではなく、なにかと遭遇してもかまわないと勇気を見せているんだ。退屈な役回りから存在を裸にする、現実にありそうもない硝子の向こう側からのみ、光り輝く醜悪な宇宙《コスモス》が現れるはずだ。苦々しい夢かもしれないが、自分のものにほかならない故郷が」給仕の娘は、硝子の向こう側での私の生活と、もうひとつの街に私が足を踏み入れたことを対比してみせたが、給仕の娘が話したことすべてが本当だとは思えなかった。硝子越しに見ることによって、現実を中心と周縁に区別することをやめ、境界線上でぼんやりとした輪郭しかない、怖ろしくも、魅力的な形態をぜひ知りたいという欲望を感じてしまう。硝子の向こう側に坐っていること、一見それはなにもしていないように思えるが、じつは、すでにほかの世界への旅路がそこで始まっているのだ。

カウンター下の棚に、誰かが忘れていった新聞が置いてあった。新聞は、カルロヴァ通りの古本屋で見つけた本と同じ文字で印刷されているのにすぐに気がついた。新聞を広げてみると、一面の大見出しの下に掲載されていたのは、鐘楼の回廊で私とサメが格闘している写真だった。文章を読むことはできなかったが、太字の単語や文章が数多くあったことに、私は不快感をおぼえた。タイポグラフィーの処理は、書き手の動揺と怒りを表現しているように思えたからだ。文字の字体に流れ込む暗い憎悪は、給仕や娘、あるいはサメに向けられているのではないかと勘違いするようなことはなかった。私を粉々にするのを手ぐすね引いているなんらかの力によって、太字の文字が刻印されていたのだった。クレープの最後の一口を食べ終わると、新聞を畳み、ポケットに入れた。私は、ポホジェレッツのビストロをもういちど訪れようと思った。私が生きている姿を見たら、あの給仕はどういった表情を浮かべるか、見たくなったのだ。クラーラもいるかもしれない。そこであれば、硝子の形而上学について、一緒に話をすることもできるだろう。

私は、ゆっくりとネルダ通りを上がっていった。建物の列が途切れ、雪の積もったストラホフ庭園の斜面が左側に開けてきた。消えた白い光が地上で目を覚ましたかのように、日光を浴びてきらきらと輝いていた。雪の静かな夢が、街が斜面沿いに庭園の世界まで浸透している建物を照らし出しているかのように、あたりは穏やかだった。街と公園の境界には——落ち着きのない、不安を吐き出していることもあるのだが——静かな休戦が広がっていた。凍てつく空気のなか、斜面で橇遊びをしている子どもたちの声が遠くからくっきりと響いていた。その上では、日の光を浴びた修道院の鐘楼の屋根がきらめき、下の深みのほうでは濃い灌木が絡まり、木の枝から雪がそっと落ちていた。

きらめく雪に目が眩んだまま、私はよろめきながら暗いビストロに入り、窓際に腰をかけた。室内の奥からなにかがゆっくりと輪郭を見せたかと思うと、バーカウンターの向こう側に給仕と娘が立っていた。給仕は急いで近づいてきて、昨日と同じコーヒーでいいかと訊ねてきた。驚いたり、気分を害している様子は微塵もなかった。サメそして鐘楼の主であるクラーラがコーヒーを運んできた。昨晩と同じセーターを着ていたが、真珠のネックレスはつけていなかった。初めて出会ったときと同じく、楽しげで屈託のない表情を浮かべていた。街の上空で繰り広げられた夜の戦いのことには、ひと言も触れなかった。給仕が席にやってきて、クリームロールはどうかと訊ねてきたので、鐘楼で決心したことを想い起こした。だが、夜の不快な出来事について、このふたりは私と言葉を交わしたくないのだろうから、こちらもすこし配慮を見せたほうがいいにちがいないと思うにいたった。もしかしたら、あれは始まりにすぎず、素晴らしい追跡劇の続編を用意しているのかもしれない。たとえば、給仕と娘は毎晩のように鐘楼の回廊や雪の積もった屋根の上で捕食性の魚の群れの先頭に立って私を追いかけるが、朝になると快い笑顔を浮かべながら朝食を運んできてくれるかもしれない。かれらの街の新聞は、私たちのことを単発の記事で扱うのではなく、連載コミックで取り上げてくれ、給仕とクラーラは絵から絵へ私を追いかける続編を見せてくれるかもしれない。日中の世界に夜の戦いを引きずり込むのは失礼で悪趣味なことだと、私はふと思った。沈黙を保っているふたりに私は感謝した。そればかりか、せっかくなのでクリームロールをひとつだけ注文することにした。クラーラが書いた勘定書きの裏も表もじっくり見返してみたが、そこには数字しか書かれていなかった。

「どうかしましたか、なにか間違いでも？」勘定書きを見ている私にクラーラが声をかけた。「私、計算が苦手で」と返事をしたので、計算は合っていますよ、と私は答え、サメの歯で引き千切られたポケットから財布を取り出し、支払いを済ませた。窓の向こう側ではあいかわらず雪が眩いばかりに輝いていた。

第11章　マイズル通りの店

ミルクバーに置いてあった新聞には、タイポグラフィーの処理から判断して、広告らしき短い文章があった。文章の横にはある店のショーウインドーの写真が載っていた。ショーウインドーの上には、もうひとつの街で使われている大きな文字の看板が設置されていた。だがすぐに、写真内の埃をかぶった漆喰の天使は、マイズル通りにある建物の一階の入口に置いてあるものと同じであることに気がついた。そこには、実際に店があり——すくなくとも日中は——靴や靴下を販売していた。もうひとつの街の新聞に靴屋の写真を見ても、もはやそれほど驚きはしなかった。私たちの奇妙な隣人たちの生活様式について、すこしだが想像できるようになり、哲学部の講義が昼夜で入れ替わるように、時間帯によって、昼の商品と夜の商品が店の棚で入れ替わるのはきわめて自然なことに思えた。

その日の夜のうちに、私は、マイズル通りに出かけてみることにした。ショーウインドーの片隅には、昼間の世界の最後の残滓《ざんし》のように、忘れられた靴下が丸くなっていた。それ以外の場所は、小さな彫像がショーウインドーをぎっしり満たしていた。陶磁器、彫像は、虎が若い男の喉元に嚙みつく、見覚えのあるシーンを表現していた。陶磁器、木、硝子、フラシ天、ジンジャーブレッドなど、ありとあらゆる素材を用いて彫像は作られていた。木製の彫像には、小さな車輪がついていて可動式になっているものもあった。虎の顎は、頭のほかの部分と蝶番《ちようつがい》で結ばれていて、口を開けたり閉じたりできるようになっていた。硝子のドアを開けて、私はなかに入ってみた。店の内部は、カウンターに置かれた、曇り硝子の丸いテーブルランプの淡い光で照らされていた。その背後では、白髪の老人がうつらうつらとうたた寝をしていた。床から天井まで棚がぎっしり並び、正体不明の物ばかり並んでいた。ランプの光は弱々しく、棚の上に置かれた物の輪郭は夕闇と融け合い、沈没しつつある商船の内部にいるかのようだった。一番遠い隅のほうは、見通せないほどの闇に包まれていた。

私は、棚に置かれた商品をひとつひとつ吟味することにした。まず目に入ったグラスには、にやりと笑ったビストロの給仕のキッチュな肖像画が描かれていて、首にはダイヤのタツノオトシゴを重いチェーンにぶら下げていた。紺青の海に浮かぶ島が描かれたカラーの絵葉書が何枚もあったが、雲ひとつない澄み切った青空を背景にして、島内に生えた棕櫚《しゆろ》の頂きに、プラハの聖ヴィート大聖堂の塔が聳えていた。砂浜には白いヨットが停泊し、ストライプのパラソルの下で日焼けをした水着姿の若者が楽しそうにパーティをしていた。絵葉書からは、なにか音が伝わってくるような気さえした。絵葉書を耳に近づけると、笑い声、蓄音器の音楽、グラスのぶつかる音、オウムの甲高い鳴き声、打ち寄せる波の音でかき消されるひとびとの声が遠くから聞こえてきた。棚にはまた、空気の入っていないゴム風船の動物のようなものがあった。吹込み口に空気を吹き込んでみると、すこしずつ生命を取り戻し、膨らんだりぐらついたりしながら、いろいろな突起が出てきた。今度は、人喰い虎ではなく、二枚刃の斧《おの》を腰につけた兵士たちだった。松の木に囲まれた森林の開拓地で、文字の刻まれた――もうひとつの街の文字とは異なる簡素で角張った文字だった――大きな石の台座から、翼のある犬の黄金の彫像を引きずり落とそうとしていた（もうひとつの街の住民は、彫像にとても愛着を持っているようだ。彫像のなかの彫像というのがその最たるものだ。クラーラが鐘楼で語ったように、かれらが起源の恩寵のなかでまだ暮らしているのだとしたら、彫像に魅了されるのは、源泉から――勇敢にも、いや不安からか？――離れようとしない存在であると同時に、時間を停止させているからだろう。だが、いずれにおいても、単なる幻想にすぎないかもしれない。彫像が時間のなかをただよい、彫像の硬直した普遍性が現実には風化という緩やかな音楽にすぎないとしたら、起源もまた、しっかりと根を下ろしておらず、変化を遂げ、奇妙な形をとって、結果の結果となっていく——言葉の意味は、発せられた言葉から生まれるものだが、その言葉自体は、話している本人にしてみれば、悪魔の声のように異質で驚きを伴うものとしてしか響かないのと同じだ）。彫像のゴム風船の栓を抜いてみると、木々やひとびとはしぼみ、しわだらけになってしまった。空気が外に出ようとしてある装置を通過すると、よく知られたメロディーを鳴らした。おそらく、もうひとつの街の《わが祖国》の一節だろう。私は、空気の抜けた彫像をふたたび棚に置いた。そのすこし先には透明の液体が詰まった硝子のボールがあり、十字架を手にした聖女の彫像がなかに入っていた。十字架には、串刺しになったサメの身体が自分自身の重みでゆらゆらと動いていた。ボールを手にすると、なかで雪が降る仕組みになっていた。底に向かって、液体のなかをゆっくりと落ちていく白い粒が雪だった。

ランプの光が届かない部屋の隅のほうへ歩みを進めてみることにした。暗い棚からは、ガタガタ、カチカチ、キー、静かなピーという音が聞こえ、規則的な音を刻んだかと思うと、すぐに鳴りやむのだった。私は右手を肘まで棚に入れ、そこに置かれた物を指先で探ってみた。私の指は、鋭く角張った突起が多数ある鉱物、滑らかで重量のある鉄球、繊細な溝のある歯車に引っ張られて動く器具を触り、最後のものは鉄のハチの巣、針金の網目のようなもので、表面のさびは指の皮膚にこびりついてしまった。それからしばらく、私の手は小さな八つの突起のある星が積み重なっているところをさまよい、鋭い突起には小さな丸い実が突き刺さっていた。星の先には水平な小さな車輪が規則的に並び、すこし押すと、ゆっくりと後退していった。指を離すと車輪はすぐに元の場所にさっと戻るのだった。車輪が上がったり下がったりすると、周りから小さくカタカタという音が聞こえた。車輪の列は上下に配置されていて、それは、階段を上がろうとして足を置いた段が沈んでいく奇妙な階段の見本のようだった。神のもとに登っていくことは、深淵のなかへ下っていくことと同じだと訪問者に注意を促す、謎の神殿への階段なのだろう。この上向きの逆説的な階段を指で触っているあいだに、柔らかい穴が端にあるのに気づき、底のほうには、なにか入り組んだ網のようなものがあった。はたして、動物かなにかが隠れているのだろうか？　だが、すぐに自分が触れているのは、タイプライターであることがわかった。キーボードのひとつを押すと、タイプバーが奇妙な昆虫の肢のように素早くぐらぐらと上がっていくのがもう一方の手に触れてわかった。バーにはいくつもの無意味なジョイントがあり、それはまっすぐになったかと思うとすぐに緩み、最終的にはしばらく停止し、空中に屹立してからまた横から横へと揺れ動いていた。すべてのジョイントが突然崩れたかと思うと、落下してしまった。私の手がタイプライターの裏側に届くと、かすかに軋む音が聞こえた。指をぱっと引っ込めると、タイプバーがガタガタと震えながら自然に屹立しつつあるのを感じた。まるでタイプライターの特殊な記憶が目覚め、一回目の失敗を挽回しようと再挑戦しているようだった。

　タイプライターの裏側にはドライフルーツのようなものがあり、手でまさぐると、奥で何かが動いていた。母に寄り添って離れようとしない子どものように、ドライフルーツらしきものが近づき、くっついてきた。何度か追い払おうとして、ほかのドライフルーツがある場所に戻そうとしたが、そのたびにくっついて、私の手につきまとうのだった。とりあえず、そこに閉じられたまま置いてあった本に触れてみた。革装の表紙にはエンボス加工のレリーフがあり、岩の街が斜面に造成された急勾配《きゅうこうばい》の山のふもとで、ヴェールをかぶった女性が踊っている様子が描かれていた。私はページをめくってみたが、ページをめくるにつれて、紙が硬く、そして重くなっていった。しつこいドライフルーツはまだ、私の指にまとわりついていた。重くなったページをその上に置いてみると、チューと動物の短く、弱い鳴き声がした。すぐさまページをあげてみたが、ドライフルーツはもはや動いていなかった。書物のページはますます重く硬くなっていき、しまいには木の板のようなものになってしまった。つまり、水車の水かきのようなもので、水車がぐいと引っ張られると、ゆっくりと回転しはじめるのだった。プラスチック製の射水路を通って、木の水かきに流れ落ちる冷たい水のなかに、私は手を入れてみた。水路の底には細かい砂があり、そのなかには、なにか丸いものがあった。ごわごわとした剛毛で覆われ、殻を剝いた固ゆで卵のように、ぷよぷよとしていた。水のなかから取り出してみると、皮がぴんと張っていて、すこし強く押すと、パンと破裂してしまった。私の指がなかに入ると、なにかべたついたものが外に流れ出し、気持ちの悪い粘液がしばらくしてから袖のほうまで流れてきた。カタカタというかすかな音が耳に入ってきた。あとになって気づいたのだが、それはドライフルーツが発した音だった。引き裂かれた内部から流れ出た液体の腐ったような臭いに誘われ、タイプライターのキーボードを乗り越え、私のほうまで流れてきたのだった。私のすぐ近くまで押し寄せ、私の手を覆いはじめたので、床のほうに払いのけようとした。ドライフルーツは落下して意識を取り戻すと、今度は、私のズボンによじ登りはじめた。

そこで、私は部屋の明るい場所に戻ってみることにした。棚からブリキのおもちゃ、ぜんまい仕掛けの悪魔を手に取ってみた。ぜんまいを回してみると、悪魔は棚の上でコサックのように踊ったかと思うと、重いインク壺を床に落としてしまった。カウンターの奥に坐っていた老人はようやく目を覚まし、よろよろと歩きながら私に近寄ってきた。踊っている人形を私の手に返すと、こう言った。「これはな、白いカーテンがはためく迷宮から、わしを救い出してくれた精霊だ。気に入ったようなら、持っていっていいぞ。所詮、わしらの金は持っておらんだろう。おまえが何者か知っとるぞ。サメと格闘した様子はテレビの生中継で見たからな。わしはおまえを応援していたんだ。夜の街の上空でサメと闘うとは素晴らしい体験だっただろう、羨ましく思ったよ。あいにく、そういったことはわしの身には降りかからなかったがな。若いころにいちどだけ、海底で牡蠣《かき》の歌を聞いたことがあってな。間延びした牡蠣の歌を耳にした者はもはや水面に戻りたくなくなり、話すのも徐々にやめてしまうという。そればかりか、海面下の街はずれにある陰鬱なホテルの一室でひとりきりで暮らす羽目になり、ベッドの上でなにもせずに何日も何夜も過ごし、海面下の路面電車の音に耳を傾け、窓の向こう側に見える庭園の海藻が揺れる様子を眺めつづけることになるという。だが、このわしは戻ってきた。牡蠣のメロディーは、何年もかけて、五十七名のピアニストがひとつの長い鍵盤で演奏する楽曲へと成熟していった。鍵盤は、夜の村々を通り抜け、奥深い庭園の月明かりのもと、煌々と光を放っていた。牡蠣のいる海底で歌うのは素晴らしい体験だったが、鐘楼でのサメとの格闘にはかなわないだろう。アルヴェイラのことは怒らないでおくれ、彼女なりによかれと思ってやったことなんだ。侵入者から街を守ろうとしただけ。本当は侵入者などおらず、迷子になった息子たちが戻ってきているにすぎないのをよくわかっておらんのだ。異邦人という存在がひとりでも街にいたとしたら、街は消滅してしまうにちがいない。わかるかな？」

「ええ、おそらく。鐘楼で耳にしたことをもとにすれば、あなたがたの街は、ほかのところでは忘れられてしまった起源を見守り、維持しているという点に正当性があるということですね（もちろん、それが昔からある法典なのか、あるいはのちに言葉へと結晶化した音楽の楽曲なのか、蒸気の渦巻き、結晶、汚れのない光、もしくはピラミッドの内部の大理石に刻まれた数式なのか、それとも、あらゆる形態の萌芽《ほうが》を内部に秘めている、壁に滴《したた》る染みなのか、私にはわからないが）。誰かを異邦人と見なすことは、それがなにであろうと、その存在と起源に対する関係の否定を意味することになり、力が及ばなかったにせよ、起源は起源であることをやめてしまう。アルヴェイラって、ポホジェレッツのビストロの給仕の娘のことですよね？　てっきり名前はクラーラだと思っていましたよ」

「誰も異邦人などではない。誰もがただ戻ってくるだけなのだ。牡蠣でさえ戻ってきては長い行進の列をつくり、街のなかに入り込んでいく。牡蠣の群れは静かにガサガサと音を立てながら私たちの寝室に入り込んでいく。暗闇のなかで、あの心地よい、牡蠣が足を引きずる音が聞こえるのはたまらん！　無論、牡蠣がまったく無垢だというわけじゃあない。群れのかしらが布団に潜り込み、貝殻の端に出ている、毒のある棘で眠っている者の脇を刺すことがよくある。すると、ほかの牡蠣も潜り込んで、麻痺した身体を取り囲み、骨と皮だけになるまで吸っていく。だが牡蠣を生で食べるのは不公正で残酷なことだ。とくに、やつらが苦痛の涙をわしらの口元で流しているときにはな。アルヴェイラの父は、日中、対岸の丘の上にある細長い一室で飲み物や食事を運んでいる。だが私たちのところではあのひとは司祭長だ。おまえさんたちの街でどう呼ばれているかは知らんがな」

「アルヴェイラの振る舞いは、褒められたものではありませんでした」私は不平を述べた。「鐘楼へ招いてくれたかと思うと、悪意たっぷりの海の動物を私に仕向けたのですから。サメは私の頭を噛もうとしたり、ジャンパーのポケットや襟を引き千切りました」

「あの子を許してやっておくれ。わしらは皆、あの子のことが好きなんだ。勤勉で信心深い子でな、あの難しい『図書館の硝子窓に反射する夜行列車の光に関する論考』を日がな勉強しておる。じきに、ダルグースの司祭のひとりとして迎え入れられる日が訪れるかもしれん。あの年頃の女の子たちが、古い習慣のなかで関心があるものといったら、魚の祭典の折にTバーに乗ることぐらいだ。だが、ふさわしい恰好はせんし、おまえさんたちの街の流行にならった服を着ている。アルヴェイラから不快な仕打ちを受けたと思っているとしたら、そりゃ残念なことだ。まあ、おまえさんにいいものをあげよう」棚の奥に手を伸ばし、濃い緑の液体がいっぱい入った硝子の小瓶を取り出した。「持っていくがいい。悲しくなったらすこし飲むんだ。気休めにはなるだろう」

毛皮の帽子をかぶった、体格のいい男が店内に入ってきて、恭《うやうや》しく挨拶をし、必要なものを告げた。「遅くとも木曜か金曜までに、表面がきらきらのうろこ状になっているものが欲しいんだが。なかは、小さなメタルのプリズムで、ジャラジャラと音を出すタイプのがいい。ただ、あまりゴシックっぽいのは、いやでね。二二〇ボルト対応か、鰓が付いていると、なおさらいいが。歌ってくれる必要はない、むしろまったく声を出さないほうが好都合だ。とはいっても、たまにガーガー鳴くくらいはかまわない。グリーンスターの怪物が、壁の背後にでも近づいたときなんかは鳴いてもかまわんが」

店主は、わかった、わかったと言わんばかりにうなずいていた。男が話し終えると、しばらく考えてから、返事をした。「ちょっとお待ちを、いいものがあるかもしれない」奥の部屋に行って、箱を手にして戻ってきたが、ドアのところで立ち止まって、息を吐き出した。「あまりゴシックじゃないものがいいってことでしたな、最近物忘れがはげしくて」ふたたび姿を消すと、今度は別の箱を持ってきて、お客に手渡した。「満足してもらえると思いますが。使用前に、よく振って。もし火花を出したり、すこしなにか変わった音を出したら、道幅の広い邸宅街を走る夜行バスのシートの下を押してください。邸宅街では、暗いあずまやからなにかの一節が響いているはずですから。もともとは昔に設定されたもので、今じゃあ、故障中の自動説教師が時々話すくらいですが、内容はなにかというと、腐った花束についてだったり、埃まみれの灌木がぼうぼうに生えている鉄道の盛り土というプラトン的なイデアにまつわる説教の一節のようです」

「鉄道の盛り土か……」客は考え込んだ様子で答えた。「光り輝く悪の狩猟場の境界線上に割引銀行を設立する案が出されたのも、たしか、鉄道の盛り土でのことだったはずだ。割引銀行はお金をたえず闇に投げ込み、夜の寝室で育まれる、名もなければ忘れられることもない、嫌悪感を誘う出来事が錯綜した原生林をお金で満たそうとしていた」

客は、老いた店主に礼を告げ、虎の頭が描かれている紙幣の束で支払いを済ませると、店をあとにした。店主はまたぐったりしてカウンターに腰かけ、頭はゆっくりと胸のまえに傾きはじめた。私は、この店主がもうひとつの街の住民のなかで初めて私に好意的に接してくれた人物であることを意識した。ひょっとしたら、私の彷徨の手助けをしてくれるかもしれないと。「おじいさん」店主が眠りに落ちるまえに、私は急いで声をかけた。「どうやったら、あなたがたの街の中心にたどりつけるのでしょう。私にとって大事なことなんです。宮殿の中庭や噴水のことも聞きました」

「どこに行くだって。おまえさんが中心を探せば探すほど、中心から遠ざかっているんだよ。中心を探すのをやめたとき、中心のことを忘れたとき、おまえさんは中心から二度と離れることはない」

「そうだとしたら、誰もが中心に暮らしていることになるじゃないですか」私は反論した。「中心は、そんなにいくつもあるというのですか？　起源はひとつだけだって私がさっき言ったとき、うなずいたじゃないですか。迷子になった息子たちの帰還のことや、戻ってくる牡蠣のことも話してくれましたね。でも、そういう帰還は、故郷からなんらかの距離があることを前提としていませんか。いまになって、そういったことを否定するのですか？」

「中心は、そんなにたくさんあるものじゃない。あるのは、たったひとつの中心、たったひとつの起源だけ。だが、それは、中心から成長したあらゆるもののなかにあるんだ。帰還というのは比喩にすぎんのだよ。実際のところ、帰還とは、自分たちは故郷にいる、自分たちは故郷を離れたことがないと想い出すことにすぎん。宇宙発生論は炎の内なる歴史のことだ。存在というのは、燃え上がってはいつか消えてしまう炎のことなのだ。炎のなかで、本来あるものがなにで、派生したものがなにか、いったいどうしたら見極めることができるのかね？　すべての中心は炎なんだよ……」

　老人の頭は、胸のまえにまたがくんと下がり、いびきの音が耳に入ってきた。いろいろと訊ねたいことがあったが、私は老人を起こさなかった。しばらくすると、壁の時計が鳴った。長針の尖端が時計盤の一番高い部分に達すると、その上の四角形の小窓が開き、そこから、小さな黒い球が雪崩《なだれ》のように落下しはじめ、ガタガタという音を立てながら床に落ち、暗闇の隅のほうに転がっていった。店主は身をよじって目を開けた。私はこの機会を利用して、話を続けることにした。「わかりました。中心が見つかるのは、探すのをやめるときだけだというのは認めましょう。ですが、そうだとしたら、意識的に中心を忘れたり、あるいは自分の考えから追い出すこともできるのではないでしょうか。前者の場合、中心を考えないようにしようとする努力は中心を探す新しい表現にすぎないでしょうし、後者の場合は、そう簡単に中心のことを忘れることはできないようにも思えるのです。私の人生では、あらゆる関係にひびが入り、偶発的な断片となってしまい、いたるところで壊れた破片が突き出ていて、それらの尖った先端部は始終私の肌に突き刺さっています。想定していない、まったくの未知の世界が暗闇から私のまえに現れるとき、毎秒毎秒が後ろ盾のない、新しい起源になるのではないでしょうか？　あらゆる開かれた傷が、中心から迸《ほとばし》り出る統一を求めているというのに、失われた中心を忘れるのはきわめて難しいことです」

「おまえさんは、まちがっとる。断片それ自体が非の打ちどころのない統一体なのだ」老人は囁き、目を細くした。「瞬間瞬間にまったく新しいものが生じるのは、より強固な関係が露見されていくだけのことなのだ。熱情の関係が。壊れた先端部がおまえに感じさせているのが本当に苦痛だけであると確信できるのかね？　存在の炎のなかで水浴びを学ぶがいい、それは簡単なことだ。どこかに行く必要もない、なにかを探すこともない、探していないという状態を探すこともない、だが探そうとすれば、なにも起きん。もちろん、私たちが探していないという状態を探すことは、逃げることのできない、迷路の円環のようなものだ。だが、それがどうした？　どうして、つねにどこからか逃げなければならないのだ、無理やり侵入しないといけないのかね？　迷路の円環は、ほかのすべてのもの同様に美しいものだ。直線の道が円環よりもすぐれているということが、どうしてあるだろうか？　あらゆるものは同じように美しい、あなたたちの街にある物は魅力的だ、ここでは日中靴を販売しているが、その暗い穴は、あまりにも詩的で、あまりにも謎めいているので、消失した文明の聖遺物のようだ……。わしもまだわかっておらんのだ、毎晩商品を交換するのが、おそらく昔からの習慣なんだろう。昔からの習慣もまた美しいものだ……」

「ですが、クラーラ、いや、アルヴェイラは、鐘楼で私のことを蔑みながらこう言いました。私の街の住民が起源を理解することは到底無理な話だと」

「アルヴェイラがそう言ったのは知っている、テレビで見たからな。おまえさんたちはお似合いだったよ、いいカップルになるかもしれん。それにしても、あのサメはなんと美しかったことか。いいかね、アルヴェイラもまだ、これから学ぶことがいろいろとある。完全に起源を理解せずに、おまえさんは、いったいどうやってなにを理解するというのかね、おまえさん自身が起源でさえなく、星座が誕生する場所でもなかったら、きわめて簡単な言葉すら、どうやって発するのかね……」

老人はふたたび目を閉じ、頭を垂れた。しばらくすると、スースーとゆっくりとした息遣いが聞こえてきた。その音は、暗闇の棚の奥深くから響いてくるチクタク、カタカタといった音と混じりあっていた。

第12章　空を飛ぶ

私は店を出て、夜の街路を散歩することにした。すると、シロカー通りの暗いファサードの列に挟まれて、蒸気船が雪の上に停まっているのが目に入った。甲板は四階ほどの高さにあり、黒塗りの船体の側面部にいくつもある小さな円穴からは光が差していた。私は緩やかに曲がった蒸気船の側面に近づき、冷たい鉄板に手で触れてみた。上から声が響いてきたので、耳を傾け、すこし下がってから見上げてみた。すると、ふたりの人物が甲板に姿を見せ、欄干に寄り掛かっているのが見えた。下から街灯がふたりの顔を照らし出していたので、そこにいるのは、若い男女であるのがわかった。私は弧を描く鉄板の陰に隠れ、ふたりの会話に耳を澄ました。

娘が話しはじめた。「もう長いあいだ航行しているというのに、目的地には着岸しないんじゃないかしら、そう思うと、とっても不安だわ。船長は航路を間違えたかもしれない。私たちがいるのは、いったいどれほど奇妙な街なの？　列に並ぶこんな窓なんか、大嫌い。窓が暗くなって、黒い硝子に街灯の反射光が輝くのを見ていると不安になるわ。森の奥深くにある泉に浮かぶ悪い水の妖精たちが夜に持っている小さなランプの光を想い出してしまうから。それ以上に怖いのが、窓が光っているのに微動だにしない壁、不安を誘う奇妙な模様で描かれた壁、身体のない頭が見えたとき。頭は、パクパクする魚のように、始終口を開けたり閉じたりしていたわ。いったいいつになったら、この陰鬱な最果ての地から最終的に脱出できるのかしら？　うす暗い霧のなかから現れる幻想的な流氷よりもはるかに悲しいわ。出航したときには、こんな場所があるって話してくれるひとはひとりもいなかった。私たちがさまよっているのは間違いない、悪魔たちに唆《そそのか》されて細長い高速船に乗り、本来の航路から逸れるよう誘惑されてしまったの。なにかの奇跡で目的地に着いたとしても、あの重く、無関心を装う家具は私たちのなかで突き出て、カーペットの曲がりくねった模様は増殖して、私たちの考えを、そして私たちの想い出をすべて呑み込んでしまうはずよ。ひょっとしたら、現地のひとたちと接触をしなければならないのかも。私たちがいまいる場所がどこで、進むべき航路を教えてくれるかもしれない……」

「心配するなって」男性の励ます声が響いた。「大丈夫だよ、船長は経験豊富だし、由緒ある家系の出で、ジャガーの出身とも言われているじゃないか。星座をたよりに、それから建物の壁面にある埃まみれの漆喰の装飾をたよりに、船を航行させているんだ。夜には、賢明な蛇とも言葉を交わしている。ぼくたちには昔から伝わる聖なる地図があるし、船のコンピューターのプログラムには、卓越した公理のきわめて聖なる神話がインストールされている。夜な夜な、翼のある雄牛のフレスコ画を淡い光で照らし出す画面上には、数字がちらちら動いているだろう。昔から伝わる初夜権を行使して、船長が雄牛を抱擁したとき、光がきらきら輝くなか、君の身体を初めて見たのを思い出すよ」

「あのとき、あなたが居合わせてくれて、私の手を引っ張ってくれて嬉しかったわ」

「いいかい、すべてはうまくいくはず。現地人に道を訊いたって、どうにもならないよ、野蛮で、教養のない民族なんだから。いったいどうしたら、かれらの言葉を文章以上のものとして信じることができるんだい？　かれらの黄金の文字は、数千年にわたって、ぼくらの法典の黒いページで光り輝いているんだ。法典は、素晴らしい冷たい滝がひとつの壁をつくっている部屋のなかの結晶のテーブルに置かれている。そのほかにも、羽毛布団のしわで占いをする予言者たち、郊外の壁の向こう側にある工房の機械の突起を読んで予言する者たちも、凱旋について語っているじゃないか。つまり、アクロポリスから沿岸へ下っている白いブルヴァールの椰子《やし》の木の下を、ビーチ用の軽装でぼくらが歩くことになるって。知事の歓待を受けたぼくらは、知事公邸のひっそりとしたアトリウムで繊細な陶磁器のティーカップでお茶を飲む。昔からの熱を冷ましてくれるのは硝子に水滴のついたサンデーで、テラスでは海からの暖かい風がカラーのグラビア雑誌のページをめくっている。ストライプのパラソルを開き、レモンを薄く輪切りにして……」

「目的地なんて、どこにもないんじゃないかしら。そう思うと、不安になる。椰子の木のある白いブルヴァールなんて、どこにもないんじゃないの。あるのはただ夜だけ、街灯の光を浴びて渦巻く吹雪、それから照明の灯された窓に映る暗い家具の一部だけ、口に雪が積もっている、しかめっ面の仮面飾り《マスカロン》だけじゃないかって……」

「こっちにおいで、船室に戻る時間だ。お風呂にあったかいお湯を入れてあげるよ。もしかしたら、明日の朝には、岸が、白い断崖が見えるかもしれない……」

声が静まった。その後もしばらく、船の弧を描く側面部の下に立っていた。それからゆっくりとひとのいない通りを歩いていると次第に、私は悲しくなった。老人の店主がくれた小瓶のことを想い出し、ポケットから取り出すと、街灯の光が冷たい緑の閃光を放った。なかに入っているのはアルコールなのか、ドラッグなのか、それとも毒なのか？　私は一口で半分を飲んだ。べたべたして濃密だったが、とても甘い味がした。

すこし経つと、奇妙にも身体が軽くなるのを感じはじめた。身体は雪から離れ、何度か手を振っているうちに、ふわふわと浮いていた。凍えるような夜のなか、私は誰もいない通りの上空を飛んでいた。甲板にいた娘に悲しみをおぼえさせた暗い窓の列を横に見ながら、私はさらに高く上がり、雪の積もった屋根の上を、静かになった寝室の暗闇にある火が消えつつある暖炉から細い煙の筋が上がっている煙突の周りを飛んだ。今度は低く下がり、歩道の脇に停車してある車の上を低空で飛び、時折、車に積もった雪に靴先で線を描いたりした。誰もいない交差点で単調な橙色の光で雪を照らし出していた信号機の上も飛んでみた。曲がった街灯の上部に腰かけ、すこしゆらゆらと揺すってみた。そしてまた上に飛び、自分の軸線を中心に回転しながら、クレメンティヌムの壁の、柱形《ピラスター》の頂上にあるぞっとするような顔の長い列に並行して、先を進んでいった。暗い川が流れ、泡の浮かぶ堰を通過し、さらに小地区の聖ミクラーシュ寺院に近づいたので、凍てつき、硬直したサメの周りを飛ぶことを思いつき、思い切り手を振ってみると、屹立した屋根や城に連なる暗く狭い中庭を上昇しはじめた。

疲れを感じたので、聖ヴィート大聖堂の屋根の棟に腰かけてすこし休むことにした。眼下の中庭では壁に設置されたランプの輪が雪を照らし出し、遠くでは眠りについた街の冷たい光が輝いていた。しばらく経ってから、屋根の上に坐っているのは、私ひとりではないことに気がついた。すこし離れた、塔の陰になっているところに、総《ふさ》のついたスキー帽をかぶった若い男性が心地よさそうに坐って、煙草を吸っていた。別の手には、鳥かごをたずさえていた。かごのなかには白い鳥がいて、アヒルのような嘴をしている点を除くと、その姿はオウムのようだった。私は名前の知らない相手に声をかけ、聖ヴィート大聖堂の屋根の上でよく坐っているのですか、と失礼のないように訊ねた。

かれは話し相手が見つかり、喜んでいるようだった。「年に何回かは、ここに来るね」と答えた。「ぼくが気に入っているというわけではなく、フェリックスのためにそうしているんだよ」鳥かごに手を入れ、鳥の頭をそっと撫でた。「こいつは高いところが恋しくなることがあってね、時々、高い建物の屋根とか塔とかに連れてこないといけないんだ。そうしないと気がめいって、なにも食べようとしないんだ。それよりも悪いのが、記憶力が減退してしまうことさ」

「鳥がいい記憶力を持っていることが、どうして重要なんですか?」私は驚きを隠さなかった。

「だって、生活が成り立っているのは、奴の記憶力のおかげだからね。フェリックスは、儀式用の朗誦鳥《ろうしょうちょう》なんだ。あなたは、ぼくらの街のひとじゃないね、ぼくらの街に住む小さい子どもであれば、誰でも、この鳥のことを知っているから」

「本当のことを言うと、朗誦鳥のことをいままでいちども聞いたことがないんです」

「ぼくらのところでは、この朗誦鳥は、重要な社会行事には欠かせないものでね。朗誦する鳥という制度は、憲法第二条で言及されているほどなんだ。朗誦する鳥は民族叙事詩『壊れたスプーン』を一字一句おぼえていて、儀式の折に、まえもって決められた一節を朗誦するんだ。この民族叙事詩がどういうものかと言うと、原生林のまっただなかに、ぼくらの街が設立された経緯を伝えるもので、『イリアス』と『オデュッセイア』をまとめたものよりも長いんだよ」

「フェリックスに、ぼくのためになにか朗誦してもらえませんか？」

「もちろんだよ。ちょうど、ぼくらが今いる場所に関係のある一節を朗誦させるよ」

「聖ヴィート大聖堂の屋根？」

「そうじゃなくて、大聖堂が位置する丘の頂上。フェリックス、『黄昏時に……』を」鳥は何度か足踏みをすると、頭を脇に倒し、金切り声で朗誦をはじめた。「中央の法律の力も及ばない帝国の辺境……」

若者はさっと立ち上がり、あやうく勾配の急な屋根を滑り落ちそうになったので、私は若者の袖をつかまなければならなかった。「おい、なにを勘違いしているんだ？」フェリックスに叫んだ。「『壊れたスプーン』じゃないぞ！」若者は私のほうを向き、詫びるように言った。「まったくどこでこういうことを習ったのやら、いつか、ぼくに災難が降りかかることになるな」そしてもういちど、鳥に向かって声をかけた。「さあ、もう馬鹿なことはたくさんだからな。『黄昏時に……』だ」

今度こそ、鳥は正しい文章を金切り声で歌いはじめた。だがあきらかに気分が乗っていない様子で、主人が視線を逸らすと、嫌そうな表情を浮かべた。

黄昏時に、かの人は、丘の頂上にある洞窟にたどりついた。
黄金の門は閉じられていた。
太陽は遠方の黒々とした原生林に沈み、たぐいまれな鉄が日光を浴び、
血にまみれたダルグースの頭のごとく、赤々と光り輝いていた。
虎の爪が顔を切りつけると、真昼の輝きのなか、聖なる血が
白い大理石にぽたぽたと垂れた。
令夫人は、愚かにも、庭園の日陰のテラスでおもわず髪をかきむしった、
というのも、虎の白い牙に触れるだけで、
かよわい、当惑した人間は光を放つ神となるからだ。
洞窟下の深い森から蒸気が上がり、
ところどころ、黄金の寺院の小さな円屋根が木々のあいだに聳えている。
そのなかでは、信心深い乙女たちが森の神をくすぐっている。
冷たい川が渓谷を流れ、
卑猥な歌を歌う、人間よりも巨大なカブトムシの背中の上を歩く不機嫌な悪魔た
　ちが住む島がある……

「もう十分だ、フェリックス」飼い主は鳥の言葉をさえぎった。「注釈家の解釈によれば、この一節は、街の創設者である叙事詩の主人公がやってきた時代のプラハの盆地を描写しているそうだ。主人公は王子で、ダルグースが人間の姿になった七番目の人物でね。十二人の姉妹と隣国の王の結婚式のとき、うわのそらだったので、スプーンを壊してしまった。その王は、祖先の身に起きた出来事への、無作法なあてつけだと受け取ってしまってね。祖先は、太陽が照りつけるなか、悪しき植物が生える干涸びた平野で、一日中戦闘を続けていたので、宮殿の石壁に群がった蟻《あり》が文の単語をつくる瞬間に立ち会うことができなかった。その文は、太陽が照りつける寺院の階段で眠っている様子だったり、誰もいない広い広場で噴水が単調な物音を出している様子を伝えるはずだったんだ。気分を害した隣国の王は、仕返しに、ぼくらの英雄の国における宗教上の最高権威は緑のトカゲじゃないかって嘲笑をしはじめたんだ（実際は事実じゃなかったんだけど、いまは触れないでおく）。すると、ほろ酔いだった主人公の英雄は、湖上のガレー船の戦いの浮彫が側面に刻まれた重たい黄金の杯を持ち上げ、王の頭に投げつけた。そこで、殺人の罪を償うにはどうしたらいいかと女占い師に訊ねたところ、こう告げられたという。一刻も早く王国を去り、深い原生林のまっただなか、未知の言葉を話し、森の開拓地にある有翼犬の像を崇める住民がいる場所で、街を創設せよ、と。まあ、作品の話をするのはこのぐらいにしておくよ」

「朗誦する鳥の飼育とは、素晴らしい職業ですね」私は言った。眠りこけた汎神論的な店主のもとでの調査はうまくいかなかったので、このひとから、もうひとつの街についての情報を引き出そうとして、私は鳥の飼い主におべっかをつかった。「古い詩についての造詣《ぞうけい》も、さぞ深いのでしょうね」

「まさか。どうして？　ぼく個人は、叙事詩全体が前世紀につくられた出来の悪い贋《がん》作《さく》だと思いますね」

「じゃあ、どうしてこの職業をお選びになったんです？」

「それは単純な話だよ、祭典での鳥の朗誦は実入りがいいからね、これが理由さ。なにかしらの祭典は、たえずどこかで行なわれているから。この街のひとびとは子どもなんだよ、しょっちゅうなにかのお祝いをしている。フォークロアっていうのは、ばかばかしいものでね。自分たちの儀式のほうが、あなたたちの世界の規律が秘められている雛型であって、あなたたちの世界が忘れてしまった意味を維持しているのが自分たちだって始終豪語している。ぼくは、それはどうかと思うんだ。むしろ、それは反対で、ぼくらの街の世界をひとつにまとめている儀式の織物は、あなたたちの世界で起きた歴史的事件をめちゃくちゃにした反響でしかないんじゃないかってね（ぼくたちは、起源と反復を崇拝しているせいで、どのような歴史も、自分のものにしていない)。ぼくらの神話の暗い教義は、あなたたちの論理的な法則を水増しした模倣品か、模造品にすぎないんだ。ぼくらの街のひとびとは、あなたたちが来る数千年もまえからこの地にいると言っているけど、この誇り高い主張のもとになっているのは、出所のあやしい、偏った、趣味の悪い伝説でしかない。いったいどういった巣穴を這って、ひとのいない空間の片隅や窪地に住むようになったのかは、神のみぞ知るばかりだというのにね。つまり、ぼくらは、あなたたちの街に寄生しているんだ、ぼくらの神話は、あなたたちの思考からこぼれ落ちたものでできているんだ。でも、そんなことは、どうだっていいさ。フェリックスが眠ったみたいだから、そろそろ帰らないと。お会いできて嬉しかったよ。またいつか会えるといいけど」

鳥の飼い主はフェリックスの入った鳥かごを持ち上げると、さっと闇に消えた。そのあとしばらく、私は大聖堂の屋根の上に坐り、遠く離れた街灯が照らし出す悲しげな光を眺めていた。それから、空を舞い、飛行を続けようとした。だが、飛行を可能にした液体の効果が薄れてきたようで、軽々と飛ぶ、というわけにはいかず、手をバタバタ振ってどうにか落下しないでいるというありさまだった。そこで、暗い《鹿の谷》に着地することにした。足跡などまったくない雪のなかに足が埋まり、頭上では大きな木々の暗い梢《こずえ》がからまっていて、雪の斜面が切り立った上のほうを見てみると、空を背にした城の壁と屋根が黒くなっていた。

第13章　カレル橋

次の日の夜、私がモステツカー通りを歩いていると、息を切らしながら歩く老人を見かけた。だぶだぶのズボンを穿き、ダウンジャケット姿でまえに屈む、その様子は私たちの街にいる清掃夫の服装のようだった。缶と袋をいっぱい載せた二輪の台車を押していて、台車からは、なにかの器具の木の取っ手のようなものが突き出ていた。カレル橋までやってくると、聖コスマスと聖ダミアンの像のまえで立ち止まり、土台部分の、人目につかないようなところにある小さい扉を開けた。奇妙なことだが、ほとんど毎日のようにカレル橋を歩いていたというのに、彫像の台座が開くことにまったく気づかずにいた。扉の奥には空洞があり、そこから光が漏れ、雪を照らしていた。彫像からは小人が顔を出すのか、穴からは竜の頭が出てくるのか、それとも地下の湖から汲み上げられた灼熱の溶岩流が流れ出てくるのだろうか？

光の穴からぴょんと飛び出してきたのは、きらきら輝くへら状の枝角を生やした、五十センチほどの小さなヘラジカだった。雪の上を楽しそうに跳ね回り、餌があると思われる袋に頭を何度も突っ込んでいた。ダウンジャケットの男は、台車から箒《ほうき》を取り出してヘラジカを追い払うと、開いた穴の奥の窪んだ空間を丁寧に掃き、袋から出した新しい干草をなかに敷き詰めた。穴からお碗を取り出して缶から水を注ぐと、また彫像内の場所に戻した。作業を終えると、向かい側の聖ヴァーツラフ像のほうに台車を押していった。そこの台座の扉を開けると、同じように光の差す穴があり、なかから小さなヘラジカが飛び出てきた。男は聖ヴァーツラフのなかを掃き出し、干草を置き、水をお碗に注いだ。橋に並ぶすべての像で同じ手順を繰り返していた。扉は開いたままだったので、なかから出てきたヘラジカは、餌の時間のあいだ、雪の上をぴょんぴょんと跳ね回っていた。

私は、像から像へと移動していく飼育家を、すこし距離を置いて追ってみることにした。聖アウグスティノ像にたどりついたとき、私は、好奇心から頭をなかに突っ込んでみた。家畜小屋の臭いが鼻をついたが、台座も、彫像も、内部はがらんどうになっていて、がらんどうの空間は彫像の外見の輪郭に対応していた。つまり、石材の厚さは、実際のところ、二センチくらいしかなかったのだ。ヒッポ出身の司教の空洞になっている頭には電球があり、内部を照らし出していた。水の入ったお碗は、マニやヴァレンティヌスの異教徒の書物を踏む靴の内側にあたる窪みに置かれていた。もうひとつの街は、影像に満ちあふれていた。住民たちは、私たちの影像を狡猾なまでに利用し、その影像を自分たちの家畜小屋として利用している。私たちの空間の片隅や奥深くに住みついているだけではなく、内部が満たされていると私たちが確信している物のなかに新しい穴を作っているのだ。自分が触れている形が、奇妙な動物たちの巣穴の闇を取り囲む薄い膜にすぎないということを知ったら、自分たちの空間を限定する、私たちの振る舞いの確実さなど一瞬にして消え去ってしまう。それと同時に、いつの日か、薄い表面に穴が開き、キツネザルの詮索するような眼差しが私たちを眺めるときが訪れる可能性があることを頭に入れておかなければならないだろう。

ダウンジャケットの男は、もうひとつの街の行政サービスの一員として雇われているにちがいない、と私は判断した。ヘラジカの餌やりのほか、ほかのことも任されているようだった。丸められたポスターの入った袋と液体の糊《のり》がはねている缶が台車に載せられていた。聖フランシスコ・ボルハ像と聖クリストフォロス像のあいだで立ち止まると、ポスターを一枚取り出して広げはじめた。街灯の光が男の顔を照らし出したそのとき、驚いたことに、その男は、恋人の部屋にある謎のドアのことを《小地区カフェ》で話してくれ、話の途中で、大理石の路面電車に連行された男だった。

けれども、私は、まずなにから訊けばいいのかわからずにいた。「緑の路面電車のなかは、どうなってましたか？　いったい、どこに連れて行かれたんです？　使用人になるのを強制されているんですか？　心配は無用です、逃亡を手伝いますよ。白いドアの向こう側でなにを見たか教えてください」男は私のことを関心なさそうにちらりと見たが、ひと言も発することなく仕事を続けた。ポスターを広げ、橋の石の欄干に丁寧に貼っていいた。聖クリストフォロス像のところまで台車を持っていくと、彫像からなかなか出ようとしないヘラジカを外に出そうとした。私は、状況が呑み込めずに、街灯の光で白く光っているポスターの脇にぼうっと立っていた。驚いたことに、ポスターの文章は、私たちのアルファベットで印刷されていた。文面はこうだった。

「謎のドアの向こう側にひそんでいるのは、なにか？　死後、私たちは、島の白い彫像となってしまうのか？　朗誦鳥フェリックス、セルフサービスの店での盗難容疑で起訴。物理学者たちの疑問――橋のヘラジカは、ビッグ・バンの一秒後に存在していたか？　鐘楼でサメを惨殺した殺人鬼、依然消息不明。これらのニュースならびにほかの興味深いニュースの詳細については、雑誌『黄金の爪』の最新号にて。創刊三千五百年の雑誌。静かな昼下がりに、蛇と光る機械が描かれたフレスコ画が御宅の白い壁に浮かび上がったとき、わが高貴なる保護者が顔を隠すのに使った雑誌『黄金の爪』をぜひご覧ください」

　橋のすべての彫像の内部に、家畜小屋はあった。ただ聖バルバラ、聖マルガリタ、聖エリザベトの彫像のところだけは、家畜小屋の代わりにバーがあった。彫像前の雪の上には、四脚の不安定なハイスツールが置いてあった。台座の穴からは白ジャケットを着たバーテンダーの上半身が見え、背後の戸棚にはボトルがきれいに並んでおり、彫像上部の空洞にはカラフルな照明があった。謎の路面電車に拉致された男は、そのすこし先に台車を置いてから、スツールに腰かけた。バーテンダーは、石製のカウンターに黒いドリンクの入ったグラスを置いた。グラスからは、きらきら光る紫の蒸気がむくむくと上がっていた。私は隣のスツールに坐って、片肘をカウンターにつくと、もう一方の手で誘拐された男の袖をぐいっと引っ張ってみた。「ドアの向こう側はどうなってましたか、それから路面電車は、あのあと、どうなったんです？　なんでもかまわないので、ぜひ話してもらえませんか。とっても大事なことなんです」私は相手をせき立てるように訊ねた。だが、ヘラジカに餌をやっていた男はぷいと横を向き、ペトシーンの暗い斜面をじっと見つめながらも言葉は発しなかった。代わって返答したのはバーテンダーだった。彫像から身を乗り出すと、怒った口調でこう言った。

「年上のひとにむかって、そんな口の聞き方をして恥ずかしくないんですか！　殴られたいんですかね。無礼にも、限度があります。ここは、それなりのお店なんです。酔ったタコが声を張り上げている海面の安居酒屋なんかじゃないんです。ここで店を出してもうだいぶ年月が過ぎますが、どの彫像にも美しいバーがあり――あのよくわからないヘラジカを飼いはじめるだいぶまえには――良き時代があったりして、いろいろなことを体験しましたが、こんな不愉快な言動を耳にしたのは、本当に初めてです」

彫像の穴から飛び出していたヘラジカは一頭残らず集まってひとつの群れをなし、旧市街側の橋塔を通過して、聖十字架教会広場を通り過ぎ、カルロヴァ通りのほうに消えていった。私は、そのあとを追いかけることにした。枝角が雪を照らし、照明を落としたショップのショーウインドーに反射していた。クレメンティヌムの入口前のカルロヴァ通りが小さな広場となる場所にたどりつくと、ヘラジカの群れは四散し、雪のなか追いかけっこをはじめた。私は、ワインケラー《蛇》の、地面まで広がる大きな窓のまえに立つと、うっすらと積もった雪が窓の下の隙間にゆっくりと入っていくのを見た。店内は照明が消され、暗い硝子にはきらきら光る枝角がちらちらと反射していた。街灯の淡い光のなか、窓の向こう側では、明るい色の服を身にまとった少女がワインケラーの椅子に坐り、思いにふけった様子で広場を眺めていた。それは、クラーラ＝アルヴェイラだった。

第14章　ワインケラー《蛇》

店に入ると、私はアルヴェイラの隣に坐った。歯の鋭い動物が暗闇に隠れているかもしれなかったが、もはやそんなことを気にはしなかった。私たちは言葉を交わすことなく、雪の上で追いかけっこをしている小さなヘラジカを眺めた。アルヴェイラの顔の半分は暗く、もう半分は街灯の光に照らされていた。「私も、硝子越しに冷たい光を見ているわね」アルヴェイラは疲れ切った様子で微笑を浮かべた。「原生林のとても奥深くにたどりついてしまったようね。私は起源にある炎に導かれてやってきたの。お父さんが帰り道を指差して教えてくれたときはね、自分がいるのは、それまで忘れていた故郷の近くじゃないかしらって思っていたわ……」アルヴェイラは口を噤《つぐ》んだ。ヘラジカは滑らかに長い跳躍をし、枝角は闇のなかで光の線を描いていた。リオヴァ通りから、蒸気で走る橇が到着した。橇のなかでは、街灯の光を浴び、きらきら輝くイブニングドレス姿の女性がオルガンを奏でていた。橇は雪の積もった広場を横断すると、曲がりくねったセミナーシュスカー通りの闇に消えていった。「でも、帰還というのは、いつも不道徳なものなの」闇のなかで、アルヴェイラはふたたび言葉を発した。「起源を愛することは、生気のないまま閉じられる円環のようなもので、嫌悪感だけが残る退屈な近親相姦のようなもの。冷たいシーツに横たわって、闇のなかできらきらと浮かび上がる幾何学的な図形をじっと見る。そうしていると、寝室にいる私たちの身体の上を、住居の奥深くにひそむ、氷の星を探すロブスターが横切っていくの。私たちは、帰るたびにいつも怪物と遭遇する。怪物たちは、私が子どものころに過ごした部屋で肉を切って作った人形とべたべたしたすごろくで遊んでいる。どうやって、私はあの境界線を跨いだのかしら。部屋の片隅の絨毯の上にある、まったく気にも留めなかった淡い光線を。そう、私たちが暮らしていた街は本当の故郷ではないの。森の奥にある哲学装置って、言われることがよくあるわ。威厳ある生活を営めるのは、異国だけ……。故郷、先祖から譲り受けた土地、怪物の楽園……。起源と故郷へ憧れることとは、怪物の罠に嵌まってしまうのと同じ。いちどでもそこに戻ることを考えると、もう時間のなかで立ち止まることはできないの。そして、戻ろうとしている故郷は、慣れ親しんだ家ではなく、家のまえの原生林と沼地であるのを、あとになって知る。原生林や沼地は息を発し、その息は家の基礎に浸透し、家そのものの雰囲気を支配して、狡猾にも故郷の規律に入り込んでいる。その規律は、私たちから縁遠いもの。だって、規律は法則のアクセントとメロディーのなかで形成されていくから。アクセントとメロディーが実際には法律を支配しているの。家は、原生林の夢に現れる白い絵にすぎないの。起源は断たれてしまい、泉は毒にまみれている。戻るところは、もうないの。ロートスの実を食べた人が疑いながらも感じた喜びのほうが、旅の終わりにたどりつくイタカよりも、純粋なはず……」

どこかの暗い窓から、夫婦喧嘩の声が聞こえてきた。怒った男性の声とヒステリックに声を張り上げる女性の声だった。それから、バルコニーのドアがばんと開き、パジャマ姿の男性は、前脚を上げた馬に乗り、鞘から抜いた剣を手にした将軍の大きな洋銀製の像を外へ押し出そうとした。すると、ナイトガウンを羽織った女性がバルコニーに現れ、像をふたたび室内にしまうとドアをばんと閉めた。アルヴェイラは私の肩に頭を寄せ、こう囁いた。「片隅にある暗いアジアでは、エメラルドの蛇が自分の尻尾を噛んでいる。残酷なダルグースは時間を食い物にし、夜になると、硝子の星々から彫像の軍隊を住居の階段に派遣する。たとえ、私たちが彫像との暗い戦いで勝利を収めたとしても、それは、嫌悪感の残る勝利でしかなくて、しまいには、現実にはない輝くドライブインに連れていかれることになるの。そして、そこでの生活は飽き飽きとするような、終わることのない祭典となっていく。巨大なホールで重くのしかかる不滅なんてうんざり。ホールでは、高い窓に設えられたカーテンが風になびき、豹が柔らかい白の絨毯でそっと足踏みをしている。起源はカオスよりも怖ろしい、カオスはつねに規律を補足するもので、私たちの世界の一部なの、それに対して起源は……」疲れているのか、彼女は逃げていく言葉を探していた。窓のまえにまだ幼いスフィンクスが二頭現れた――五歳の少女の頭をもった獅子の子どもは爪で硝子をどんどん叩き、くすくすと笑いながら逃げていった。「……起源は、狂った神が馬鹿げた笑いをそっとしただけのものでしかなくて、そのときに『言葉』という単語が発せられたの……」

アルヴェイラを引き寄せて抱擁すると、彼女の濃い黒髪が私の頬に垂れた。そのとき、夏のある夜、庭園で迷子になったのをふと想い出した。暗闇から近づいてくる未知の身体が発する、謎めいた悲しい香りに包まれていたのを。どうやってアルヴェイラをなだめたらいいのか、私にはわからなかった。彼女の髪をそっと撫でていると、我々以外には誰もいない闇のなか、芽生えたのは慰藉《いしゃ》の念だった。慰藉の念が育まれたのは、理由のない、そのため反駁できない共感からだった。夢の時間のなかで姿を次々と変えていく、あまり好ましくない生ぬるい存在しか残らないときですら、奇妙なことに、なんらかの存在に重きを置こうとする共感であり、無関心を装いながら波を打つ存在の海のなかで嫌悪そのものも意味を失ってしまうような場所にいながらも、そっと表面に触れているような共感だった。私たちは黙ったまま身を寄せ合った。ふたりの身体は、極寒の闇のなかでなにかに触れあっていたが、星空の下の平野を這う怪物同様に奇異なものだった。

セミナーシュスカー通りから、機械仕掛けのベークライト製の六頭の犬が引く橇が現れた。どの犬にも大きなぜんまいがお尻にあり、関節に継ぎ目のある脚は、カタカタという小さな音をぎこちなく出しながら雪の上を動いていた。橇は黒く塗られ、弧の形の後部はすこし持ち上がっていて、快適な赤い布張りの椅子が置かれていた。椅子にはアルヴェイラの父が坐っていて、ボタンがとまっていないビーバーのコートの下に給仕服を着ていた。首には重い金のチェーンが巻かれ、ダイヤのタツノオトシゴがゆらゆらと揺れていた。小さな広場の中央で、機械仕掛けの犬は立ち止まった。巻いてあったぜんまいが回り切ってしまったのだろう。犬の脚の動きはゆっくりになったかと思うと、しまいには完全に停止した。ヘラジカは犬を取り囲み、鼻先でとんとんと小突くと、犬はバランスを失って雪の上に倒れてしまった。給仕はそわそわとした様子で建物の正面を一軒一軒眺め、光が消された暗い部屋に入ろうとした。私はテーブルの下に潜り込み、アルヴェイラを引っ張ろうとした。給仕の叫び声が響いたが、その声には焦燥感と不安が込められていた。「アルヴェイラ！　どこにいるんだ？　明日の祭典で、おまえがダルグースの女司祭となるのを忘れたのか？　あんなに楽しみにしていたじゃないか！　もう準備を始める時間だ。祝福する群衆で階段はあふれているし、シャンパンの泡は音を立て、キャビアの粒はあふれ出し、雲の影像を製造する機械には油が注がれているんだ……」私はアルヴェイラの手をぎゅっと握りしめた。だが、彼女は私の手を放し、なにも言わずにさっと立ち上がると、まるで夢のなかにいるかのように、ワインケラーの大きな窓から外に出ていった。父はとび跳ねながら駆け寄って、娘を抱擁した。アルヴェイラを橇に誘導し、椅子に坐らせると、暗い色の重そうな肩掛けを丁寧に娘にかけた。犬のぜんまいを一頭ずつ回し終わると、足にじゃれていたヘラジカを怒って蹴り飛ばし、橇に飛び乗った。橇は出発すると、リリオヴァ通りの暗い道に消えていった。しばらくして飼い主が姿を見せると、ヘラジカは飼い主のもとに集合した。動物の数を確認した飼い主は、再度カレル橋に向かうように合図を出した。

第15章　ベッドシーツ

それからしばらく経っても、私は窓の手前に坐ったまま、ひとのいない広場を眺めていた。まぶたが重くなり、うつらうつらしはじめたところ、近づいてきた車両の轟音で目を覚ました。目を開くと、クラム＝ガラス家の宮殿のほうからゴミ収集車が近づいてきていた。車は全面硝子張りになっていて、透明な硝子越しにきらきら輝く黄金の宝石の山が見えた。宝石には緑の蛇が何匹も這っていて、明かりの灯った、脚が金属製のルームランプが中央に置かれていた。その下には、白いシーツが掛けられたベッドがあり、裸の恋人たちが抱き合っていた。居酒屋《青いカワカマス》のまえで車が停まると、清掃員が後部のステップから飛び降り、歩道のゴミ入れを運ぼうとした。車両の後部装置がゴミ入れを持ち上げると、新たな宝石や波打つ緑の蛇がどっと捨てられ、宝石はベッドの周りに散乱し、蛇はランプの脚の近くで蠢いていた。ガチャガチャと黄金の音が聞こえると、恋人たちはさらに身を寄せ合い、動作を速めた。

私はゆっくりと目を閉じ、ゴミ収集車がその場を離れて、音が弱まっていく様子に耳を傾け、しまいには壁の向こう側に消えて見えなくなるまで耳を澄ました。

すると、今度は遠くから轟音が響きはじめ、徐々にその音は大きくなっていった。しばらくして、広場に姿を見せたのは白いヘリコプターだった。機体の下に吼《ほ》える虎の頭が描かれているヘリコプターはゆっくりと降下し、人間の頭の高さで機体を揺らしながら停まった。強力なサーチライトが窓を照らし、鋭い光線が建物の正面部分に舐めるように注がれ、ひとのいない居酒屋の内部を照らし出したり、屋根裏部屋まで上がったり下がったりして暗い室内を照らした。私は建物のなかに入って、奥の裏口に身を隠した。

暗い廊下、通路、中庭、階段の迷路を通り抜け、私は硝子張りのベランダで足を止めた。窓は小さい中庭に面していて、雪が積もった床にはカーペットをはたく黒いはたきが置いてあった。ヘリコプターの轟音はもう聞こえなくなっていた。静寂が訪れ、ベランダ奥にある水道の蛇口からめっきが剝げ落ちた盥《たらい》に水滴がぽとんと垂れる音がした。私は、ここを通れば外に出られるだろうと思って、最後のドアを開けてみた。だが、そのドアは別の部屋に通じていた。そこは上着や靴のにおいがただよう暗い玄関で、照明のない狭い部屋を抜けると、寝室に出た。窓の向こう側に建物の物音ひとつ立てないファサードが見えた。なにもない、冷えびえとした建物だった。ガサガサという音がしたので、私は思わずあっと声をあげて驚いた。どこからか猫が現れたのだ。猫は私に近づくと、きらりと瞳を光らせ、私をじろっと眺めた。整えられたベッドに視線を投げかけているうちにすこし眠気をおぼえたので、私は服を脱ぎ捨て、下着姿のまま、重く冷たい羽毛布団に潜り込んだ。

私は横になって、向かい側の建物の暗い窓の列を眺めてみた。反対側に寝返りを打ち片手を闇に伸ばしてみたが、指が壁に触れることはなかった。私は動揺した。自分がいるのは洞窟のはずれで、奥深いところで誰かが私を待ちかまえているんじゃないか？ 私はベッドに膝をつき、闇のなか揺れ動くマットレスの上で四つん這いになったが、ベッドの端は見つからなかった。それどころか、ベッドは広がりつづけていた。私は立ち上がって、柔らかい平原を歩いてみることにした。平原は私の足元で揺れ動いていたが、しわくちゃになったシーツ、枕、羽毛布団で覆われていた。シーツは北極のような淡い光を発し、白い平原に反射してゆらゆらと揺れていた。シーツの折目や布団のしわは、淡い光のなかで横たわっているグリュプスやスフィンクスのようだった。吹雪のような布団を通り抜けると、何度も足をとられて転んだが、その度にゆらゆらと揺れ動く平原が落下の衝撃を和らげてくれた。ところどころで、眠っているひとの寝息、夢のうわごと、夜の恐怖を感じさせる叫び声が聞こえ、あちらこちらで、私の足は眠っているひとの足に触れた。穏やかな風がふわりと吹くと、平原は空気の入ったシーツに波を打たせ、ぱたぱたという音と、眠っているひとの寝息が混じりあっていた。

その先で羽毛布団の平原は隆起しはじめ、シーツと羽毛布団の斜面が私のまえに姿を見せ、シーツの上では、パジャマや寝巻姿、あるいは下着姿の男女がスキーをしていた。私は、屋根が急な勾配になっている硝子張りの建物にたどりついた。それはクルコノシェの食堂《十字路》を想起させた。建物前のマットレスの隙間には、小さな花や縞などの模様が描かれたスキー板が立てかけてあった。なかに入ってみると、寝間着姿のひとたちがテーブルに腰かけていた。私は窓際に坐り、斜面を滑走するスキーヤーたちを眺めてみた。隣のテーブルには、バラ色の寝間着を着たふたりの女性が坐っていて、私はふたりの会話に耳を傾けた。

「ねえ、明日、一緒に尾根のほうに行かない？」

「いや、ちょっとこわい。だって、雪崩警報が出たばかりでしょ。だいぶまえに、同級生が雪崩に呑み込まれたのよ、遭難救助犬に助け出されるまで、布団の下の闇のなかで何時間も過ごしたのが、いまになっても忘れることができないの。そこにいるあいだに、彼女は詩を作ってね、覚醒した脳のなかで輝く黄金のバイクや、敗者はどうして勝者に共感を抱くのかといったことについて詩を書いていたの。大勢のお客でにぎわっているホテル・ヨーロッパのカフェでは、羊たちが長く太い電気ケーブルをどこからか狂ったように鼻で引っ張ってきて、カフェのお客は茫然としていた、というのがその詩の一節だったけど、これは、巨大なフレスコ画のテーマにもなったわ。そういえば、哲学の会議から戻ってきたばかりの私の義兄も、その絵画のまえで、形而上学の主たる問題はヘーゼルナッツのミューズリーと同じ手法で解決する必要がある、って講演したみたい。そうしたら、魚屋の売り子の女性に顔を殴られてね、そればかりか、こう罵られたの。『黄金のハイウェイにうまく隠れたネットワークは、ピアノソナタを流しながら狩猟される動物と同じくらい、とっても気高いの。だから、新しい白雪姫を演じなきゃだめよ、このバカ！』って。でも、そのあとになっても、義兄は、形而上学の主たる問題はなにか答えることができなかったそうよ」

「それは本当に悲しいわね」

謎の空間の奥深くに入ろうと思い、私はマットレスの山をよじ登ろうとしたが、すこし進むと、勾配がとても急になったので諦めざるをえなかった。私は下って山脈を迂回しようとしたが、暗い窪みが羽毛布団になっている柔らかい山は徐々に勾配がきつくなっていた。ブルブルブルという音がかすかに耳に入ってきたので、私は不安をおぼえた。ちかちか明滅する赤いライトが平野の上に現れたかと思うと、すぐに私のほうに近づいてきた。吼える虎が描かれたヘリコプターだった。私は逃げようとしたものの、シーツに足をとられてしまい、マットレスに倒れてしまった。ヘリコプターは停止し、その場で降下しはじめた。回転翼が巻き起こした風でシーツはめくれ、我を忘れて踊っているかのように宙を舞っていた。サーチライトの鋭い光に目が眩んだその瞬間、硬質の歪んだ声がメガフォンから聞こえてきた。「国境の不法越境、スパイ行為、聖なるサメの故意による殺害、禁止母音の発音、以上の嫌疑により、おまえは告発を受けている。抵抗をやめ、両手を頭にのせ、地面に伏せるんだ！」サーチライトの鋭い光が追いかけてくるなか、私は懸命に走り、宙に舞うシーツの冷たい間欠泉のあいだをすり抜けていった。機銃掃射がなされたが、その音は、カリヨンのような繊細なものだった。弾丸は枕や羽毛布団に刻まれ、裂け目から出た羽毛の雲が波打つカバーのあいだから浮かび上がった。走って逃げるうちに、私はマットレスの羽毛をうまく利用するこつをつかみ、長いジャンプをして、平原に思いっきり着地すればするほど、マットレスは、高くそして遠くへ、私を投げ出した。ジャンプは段々長くなっていき、しまいには羽毛布団の山や眠っているひとびとの身体を軽々と飛び越え、何十メートルもの弧を描くようになった。それでも、ヘリコプターは迂回して、気色悪い巨大昆虫のごとく前方から飛来してくるのだった。私はしわくちゃの枕の上に倒れ、そこから、ヘリコプターが近づいたり高度を下げたりして、シーツがたえずめくれる様子を眺めていた。一枚のシーツが回転翼に巻き込まれて、ヘリコプターはぐらっと大きく揺れると、羽毛布団の脇に墜落し、動きのとまった回転翼はシーツ、羽毛布団、マットレスを引き裂き、羽毛、布切れ、気泡ゴムを宙に放った。幾十もの管楽器が奏でるハーモニーの和音のような爆発音が鳴り響いた。そしてヘリコプターは冷たい青い炎のなかに消えていった。

私は倒れ込んだ場所にそのまま横になり、すこしのあいだ眠りに落ちた。あの狂気じみた追跡劇に疲れ果て、山に戻る気力など残っていなかった。だが、別の空間に通じる通路を探そうとしてベッドの平原をどうにか横断していくと、暗い建物に戻ることができた。脱ぎ捨てた服を着ていると、窓をはげしく叩く音が耳に入ってきたので、またすぐにその場を去らなければいけないのかと思った。すると、硝子の向こう側の軒蛇腹《のきじゃばら》にいたのは、朗誦鳥フェリックスだった。フェリックスとの再会に思わず嬉しくなり、私はすぐに窓を開けた。だがフェリックスはなかに入ろうとはせず、会釈をしたかと思うと、聖ヴィート大聖堂の屋根で初めて出会ったときに朗誦を試みた詩を早口で朗誦しはじめた。どこか不釣り合いな悲哀の念を込めて、詩行を仰々しく弁じたて、翼を揺らしたり、全身を曲げ、とりわけ重要だと思われる箇所を強調して述べていた。身ぶりが大きいので軒蛇腹から落っこちてしまうのではないかと私ははらはらしながら見守っていた。

中央の法律の力も及ばぬ帝国の辺境、

そこでは、目じりの上がった、平野出身の野蛮人が、税関職員とともに
居酒屋のテーブルに黙して坐っている。
追放の地では、敗残者が川沿いをぶらつきながら
奇妙な勝利をあじわい、
広場にある菓子店の奥まった暗い場所で
光を放つ静かな空間に置かれた物にそっと触れようとするが、そこは目的地では
ない。
クローゼットを照らし出す昼下がりの光と、庭から響く聞き取れない声は、
新しい壮麗な歴史の一部となりつつある。
辺境の規律という裂け目のなか、光を放つのは
古い権力の残滓でしかない、だが、
忘却された権力の残滓は、首都の光り輝くホールにひっそりと陣取り、
すこし開いたドアから聞こえる、隣室に移動しようとして衣が擦れる音や
さまざまな音の世界をまとめあげる喧騒のなかで共鳴し、
言葉になんらかの意味を授けようとする。
権力の残滓は、原生林での単調なバレエを編成しようとする我々の計画を利用し、
我々の身ぶりという茂みのなかで、無関心を装いながらも広がっていく、

身ぶりを目にすることができるのは、山脈の黄金のホールだけ。
幽霊の間延びした歌が聞こえてくる辺境、
我々が、その歌を耳にするのは、静寂が夜を支配するときのみ……

歌を詠《よ》みあげているあいだ、フェリックスは翼を朗読にあわせて振っていたので、ほんとうに梁から落ちてしまった。奥深いところからギャーという怖ろしい声が響いたが、幸いなことに完全に落下したわけではなく、しばらくするとまた梁に戻り、朗誦を続けた。

幽霊の間延びした歌が聞こえてくる辺境、
我々が、その歌を耳にするのは、静寂が夜を支配するときのみ。
二階のトイレで水が流れる音、
遠くにある絶望という名の鉄橋を走る列車の音や、
忘れることのできない冷たい音楽のなかで、歌は融合し、
我々の概念そのものが誕生する。
つまり、白いヨットに乗ったトカゲは、ヨットと一体化してしまうということ。
辺境と呼ばれる場所は、謎にまみれた中心でしかなく、

我々が生を営んでいるのは、中心の辺境でしかない。朗誦鳥フェリックスは、
画廊をさまよう光り輝くロボットの肩にとまって言葉を発する。
謎にまみれた中心は、遠くにある中心の辺境であり、
最後の中心は幾千もの境界の先にある、と。
だが、夢のなかで光を放つものの、中心にたどりつくことはない。
たとえ、私のように、森のなか、銀色の線路沿いに動いている
白い礼拝堂のまえを通りすぎたとしても、
たとえ、お客の鞄から給仕がおやつを盗み、
食べているカフェを私のように通りすぎたとしても、中心にたどりつくことはない。
クロークに忘れた石棺《せっかん》の中身を
客が不安に思うのは、当然のこと、
クロークの女性に受け取りをお願いすると……

猫が窓の手摺りの上にさっと飛び乗ると、フェリックスはまたギャーと鳴き、あっという間にその場を去っていった。フェリックスが戻って、辺境のことやクロークの石棺についてまたなにか話してくれないかと期待したが、姿を見せることはなかった。

私は建物を出ることにし、暗い階段を下って一階のホールに出た。玄関ドアの上部の弓型の明かりとりからは、街灯の光に照らされた雪が舞っているのが見えた。

第16章　エイ

暗闇のなか、私は玄関の冷たいドアノブに触れた。ギーと音を立ててドアが開くと、暗い廊下に雪が舞い込み、私の頬に吹きつけてきた。集合住宅の渡り廊下を抜けると、アネシュカ広場に出た。するとどこからか、怒った犬の吠えたてる声とくーんという鳴き声が交互に聞こえた。周りを見渡すと、廃れた修道院の表玄関のまえで大きな犬が歯をむき出しにして、エイに突進している様子が目に入った。それは旧市街広場で以前に出会ったエイで、くだんの魚の祝典をどうにか生きながらえていたのだった。エイは、犬の歯をまえにして雪の上でぴくぴく動き、電気を放って身を守っていた。電気ショックを受けるたびに、犬はくーんと鳴いて飛びはねるのだが、またすぐに魚めがけて突進を試みていた。エイは憔悴《しょうすい》しきっていて、電気ショックの威力も徐々に弱まっているのがわかった。その一方、犬の攻撃はますます激しくなり、犬の尖った歯で薄い身体に傷を負ったエイは何箇所か出血していた。一方的な争いは終わりを告げつつあった。私は争いの場所に歩み寄り、犬を追い払った。エイは憔悴しきった様子で雪の上に静かに横たわり、傷口から血を出していた。私を見つめるエイの目は感謝の念にあふれていた。私はエイの冷たい身体をやさしく撫でた。蒸留酒の入った小さな平瓶を持っていたので、すこし飲ませようかと思ったが、すぐに別のアイデアが思い浮かんだ。空飛ぶ液体の残りが入ったボトルをポケットから取り出し、エイの身体をそっと起こして身体の下側にある口にボトルをあてがってみた。「さあ、飲むんだ」私はそっと声をかけた。「これで具合がよくなるから」エイは緑の液体をむさぼるように飲み干した。

口にした液体が効きはじめてきたのか、エイは、動物の本能でなにをすべきかをただちに理解したようだった。身体の先端を波打たせると、ふわっと宙を浮きはじめ、建物の三階の高さで広場をぐるりとスムーズに旋回すると、また私の足元近くの雪の上にさっと降りてきた。液体が新しい力を授けたのは明らかで、傷口の出血はとまっていた。けれども、エイがどこかに飛んでいくことはなく、かならず私の靴のところに戻ってきては我慢ならない様子で私をじっと見ていた。なにかしてほしいとせがんでいるのではないかと思った。私はそのことをただちに理解し、エイの平らな背にそっと乗り、トルコ人のように足を組んでみた。すると、エイは喜びながら身体の先端を波打たせ、私を乗せて空へ上昇した。

雪片がひらひらと舞うなか、私は闇に包まれた街の上空をもういちど帆走《はんそう》することができた。夜は徐々に終わりつつあり、私たちの街区から朝一番の通行人たちが通りに姿を見せていた。エイは大きく弧を描きながら上昇し、しばらくすると私たちは雲のなかに入っていった。星が淡い光を発するなか、雲の上にたどりついたが、エイはさらに上昇しようとした。暗い雲の海が眼下に広がり、東ではすこしずつ明るさを帯びていた。しばらくすると、赤い太陽の頂きが地平線に姿を見せ、太陽は雲の平野を突然照らし出して紅く染め、同時に雲の波間の黒い影もゆっくりと形を変えながら、桃色となった。桃色の海の上をゆったりと飛行するエイの背中に心地よく坐った私は、蒸留酒の蓋をあけて中身を飲んだ。両目が身体の上半分にあるので、エイは雲の上での美しい日の出を見ることができずに申し訳ないなと思った。

私を乗せたエイはふたたび降下をはじめ、桃色の雲の上で太陽目がけて低空を飛行しながらスピードをあげていった。前方には、二本の雲柱が平野に屹立し、馬に乗り、槍を手にした騎士を形作っていた。騎士は五階建ての建物ほどの高さがあり、私たちのほうを向いていた。おそらく、これはアルヴェイラの父が語っていた雲の彫像だろう。もうひとつの街の芸術家たちはなんらかの技術を会得していて、蒸気で彫像を作れるのだろう。ふたつの彫像は徐々に姿を変えていった。左側の騎士は先端に球を付けたピラミッドに姿を変え――チェコのトランプのハートの9と同じ模様だった――、右側の騎士自体はそのままだったが、馬の頭が美女の頭へと変わり、その女性は私たちを眺めながら夢を見ているような笑みを浮かべていた。二体の雲の彫像はしまいには高く上がって、突き出た二本の手となり、それぞれの手は指を痙攣のように震わせながら裏返しにされた兎の毛皮のベストを握っていた（未知の彫刻家は、いったいなにを表現しようとしたのだろう?）。赤い太陽は桃色の平野全面に暗い影を落としている二本の巨大な腕のあいだを抜けて、地平線を低く照らし出した。エイは地平線すれすれの高さを信じられない速度で飛行し、手の隙間目がけてまっしぐらだった。徐々に近づくにつれて手は大きくなり、しまいには幽霊のような門をくぐり抜けることができた。後ろを振り返ってみると、すこしずつ腕が姿を消し、ふたたび雲海のほうへ降下しはじめていた。

エイも速度をゆるめて降下をはじめた。空飛ぶ液体の効果が切れてきたのだろう。ふたたび雲のなかに入ってしばらくすると雪の積もった家々の尾根が見えはじめた。もう雪はやんでいて、通りはひとであふれていた。小地区橋塔の回廊の周囲を飛行していると、アルヴェイラの父である給仕が柱のあいだで顔をしかめているのが目に入った。そして、その物影から銃口が見えた。「あぶない！」私は声を張り上げたが、すでに弾丸は発射され、エイは身を縮めてよろめき、血が背から滴り落ちていた。ふと悪意に満ちた笑い声が塔から響いた。急な螺旋を描きながら、エイは川の下まで落下し、カンパの上空数メートルのところで私はエイから滑り落ち、道路脇に掻き集められた雪山にどさっと落ちた。エイは川に潜ると、それ以降、二度と姿を見せることはなかった。

私は、一日中、あてもなく通りを歩いた。昼過ぎに遠く離れた郊外にたどりつくと、昔からの集合住宅が立ち並ぶ長い棟に囲まれて、子どもたちが雪の上で遊んでいた。駅が近くにあるのだろう。汽笛や鉄製の緩衝器が衝突する音が聞こえた。私は居酒屋に入ることにした。窓からは、工場の灰色の壁が反対側の通り全体に延びている風景が見えた。誰も坐っていないフォーマイカ製のテーブルの天板は、淡い光に反射して光を放っていた。居酒屋にいたのは三人の太った男性だけで、ビールをまえにして、壁のラックに置かれたカラーテレビの画面に映し出されたアイスホッケーの試合を見ていた。店主も一緒に坐っていたが、立ち上がって私にビールを一杯注ぎ終えると、太った男たちの席につき、一緒になってホッケーの試合にコメントを加えていた。

すると、テレビ画面の輪郭が突然鮮明になったり、二重になったりし、音が出なくなったかと思うとほかの放送局のぼやっとした信号をしばらく映し出していた。「また具合が悪いみたいだな、このテレビ、どうにかしないとだめだよ、ヴェンツォ。いつ修理に出すんだい？」客のひとりが店主に向かって不機嫌そうにつぶやくと、店主は言い返した。「修理業者は昨日来たんだよ。けど、どこが悪いのか、さっぱりわからないって言うんだ。強力な妨害電波を出している放送局が近くにあるかもしれないって」テレビに近づくと、こぶしでバンバンと叩いた。三回叩くと、ホッケーのスタジアムは完全に消え、代わりに映し出されたのは、人工光で照らされた広々とした室内の鮮明な図像だった。画面に見えたのはペトシーンの地下寺院の内部の様子だったが、もはや驚きはしなかった。寺院は、最後の列の座席までひとで埋まっていて、ベンチとベンチのあいだの通路には、くねくねと痙攣した装飾で彩られたテレビカメラが台車《ドリー》に載せられて動いていた。寺院の壁にあるのと同じような装飾だった。祭壇前ではおよそ一メートル半の高さがある硝子の容器が置かれ、黄金の液体で満ち、前方には階段が設置されていた。容器の左側には、バラの模様の入った、素晴らしい黒の上祭服を羽織った給仕が立ち、その右側には六人の娘が坐っていて、黄金の竜が縫い込まれた白いシルクの礼服を着ていた。一番奥に坐っていたのは、アルヴェイラだった。

水面に落ちる水滴の音を想起させる、単調で静かな音楽が響き渡った。元給仕の司祭は儀礼用の帽子をかぶった。帽子は蛸《たこ》でできていて、ワイヤーで高い所に吊るされた触手の先には黄金の小さな鐘があり、鐘の音は静かな水の音と融け合っていた。太った男たちはどっと笑いだし、店主は膝を叩きながら大声をあげた。「こりゃたまらねえや、まじかよ」一人目の少女が立ち上がり、ローブを脱ぎはじめ——居酒屋の男たちは皆黙りこくって画面を注視した――裸の女性は階段を上り、容器のなかに入った。全身を水に浸し、十五分ほど水中に潜っていた。容器の周りからぽたぽたと滴が流れ落ちていた。蜂蜜なのか、べたべたとする音が聞こえ、液体が寺院の床にあふれだしていた。姿を現した少女は蜂蜜で目が見えなくなっていたため、給仕が手を差し出して容器から身体を出し、階段を下りるのを介助した。少女は容器の左側で硬直したまま立ちつくし、蜂蜜の滴がかちかちに固まった髪と全身から落ちていた。最後に、アルヴェイラが容器から姿を見せると、蜂蜜だらけの顔をクローズアップした映像が映し出された。蜂蜜が鼻の穴まで流れ込んでいたので、彼女は口を開いて息をしていた。アルヴェイラは、私を見つめているように思えた。けれども画面はまたちらつきはじめ、どうにか収まると、氷上のホッケー選手を映し出していた。

「もうたくさんだ」太った男のひとりがぼやいた。

「またふざけたものが映っていたな」もうひとりの客が地下寺院からの中継にコメントをした。「ヤナーチェク沿岸の閘門《こうもん》に鯨が入ったときと同じぐらい、ふざけたものだったな」

「まあ、こういうのも、たまにはいいさ」店主は自分のテレビをかばった。「鐘楼のところで、サメとばかな奴が格闘していたドタバタ喜劇には、思いっきり笑わせてもらったじゃないか」

私はビールをもう一杯飲み、ホッケーの試合を目で追った。だが地下寺院が画面に現れることはなかった。支払いを済ませ、すっかり暗くなった通りに出ると、雪がまた降りはじめていた。

第17章　閘門のなか

私は、もういちど、街の中心部に出かけてみることにした。世紀初頭に建てられた政府の巨大建造物や、雪が積もり白くなった公園が奥に見える柵のまえを通って、川のほうに下っていった。鋭い風が舞い、小さな細かい雪を私の顔に吹きつけてきた。目を細めながら歩いているうちに、街灯や車の光がぼんやりと視界の先に浮かんだ。沿岸の葉がすべてなくなった黒い木々の下を歩いていると、バルコニーを支える女人像の静かなファサードが通りの反対側に立ち並んでいて、鉄製の欄干の下では、場所から場所へと急ぐ通行人の目には見分けがつかない暗い川が流れていた。それは、まるでさまざまな身体が営む静かな生のようであり、片隅にたたずむ幽霊のようだった。反射した光がゆらゆらと揺れている暗い水面を見ながら、自分の眼差しが、この数日でいかに変わってしまったかを悟った。思わず笑みをこぼしてしまったが、いまや、私はクローゼットや部屋の片隅からやってきた者と同じなのだ。世界の残余物のことや周辺のことばかりに目が行くようになったが、私のいる世界はそれらの存在をほとんど誰も気にかけていない。そればかりか、長年にわたって私の視線が無難に輪郭を認めていたものの形状は霧と融け合ってしまっている。はたして、いつになったら、私自身が幽霊になるのだろう？

沿岸と島のあいだに位置する閘門近くを通りかかったとき、男たちが居酒屋で話題にしていたことをふと想い出し、ひんやりとする欄干に寄り掛かって、水面を見下ろしてみた。水門は両側ともに閉じられていて、閘門の水面は堰き止める側の川の水面と同じ高さにあった。影が差すなか、島側の石壁には長い貨物船が停泊しており、円錐状になった河川の土砂の山を搭載し、その上には雪が積もっていた。すこし高くなった場所には全面硝子張りの船長室があり、内部は暗く、人影はなかった。橋を渡って中洲の島に向かい、閘門の石壁に設置された鉄の梯子をつたって甲板に下りてみることにした。

小さなステップを上がって船長室に足を踏み入れてみると、操作パネルの文字盤が光っていたり、静かに点滅したりしていた。窓硝子の先には湿った石壁があり、閉じられた鉄の門の上では、赤い光が雪の積もった灌木を照らし、イラーセク橋の塔のシルエットが浮かび上がっていた。すると突然、船がガタンと揺れた。水面が下がりはじめ、壁に嵌め込まれた石のひとつひとつがむき出しになっていくのが目に入った。

すこし経てば、水面は放流する側の川と同じ高さになるはずだった。けれども、水の流出は止まらず、両側の門は閘門の水面よりも高い位置にあった。つまり、石壁よりも上の位置にあった。船は四方を玄武岩で区切られ、下降しつづけている深みへと静かに沈みつづけた。水面深くでは光がきらりと輝いて上昇したりしていた。しばらくすると、照明の点いた窓が見え、ほかの窓も次々と浮かび上がり、四方の壁のいずれにも窓があった。暗い窓がいくつかあったものの、多くの窓には光が灯っていて室内を見たかぎりでは、私たちの街の住居とさほどちがいは見られなかった。ただ、円筒のパターン模様の壁にけばけばしいカラフルなレリーフが吊るされ、そこには虎に噛みつかれたダルグースが描かれていた。新しい部屋が水面から次々と出現し、船長室の硝子窓よりも高く上昇しては消えていった。ある部屋では、家族が夕食をとっていたり、Tシャツを着た禿《は》げ頭の男性が新聞のクロスワードを解いていて、別の部屋では、束髪を結った老夫人がミシンのまえで身を屈めていた。

一時間ほど経過してから、船は動きを止めた。上を眺めてみると、摩天楼の中庭にでも立っているような印象を受けた。頭上には、何十階もある窓に明かりが灯っていて、垂直な線がはるか上方の見渡せない穴まで続く、目眩を引き起こしそうな眺望を形作り、細かい雪片が船室にぱらぱらと落ちていた。時折、どこかの窓の電気が消えたり点いたり、窓が開けられたりして、黒いシルエットが姿を見せ、誰かを呼ぶ女性のよく通る声が響いたりした。船横の水面のすぐ上に誰もいない暗い部屋の窓があり、窓の向かいの壁に向かってドアの曇り硝子が弱々しく光を放っていたが、それはドアの先にある隣の部屋から流れ込んだ光だった。隣の部屋から差し込む淡い光は、薄暗がりのなか、家具の輪郭を浮かび上がらせ、クローゼットと硝子の滑らかな表面にうっすらと反射していた。重そうな革張りの肘掛椅子の後ろの壁には一枚の絵が飾ってあった。ぼんやりとした絵の陰影のなかから、髪が渦を巻くようになびき、後ろに寄り掛かりながら笑っているアルヴェイラの顔を識別することができた。窓が半分開いていたので、私は這うようにして部屋に侵入した。古い家具やひびの入った陳列棚のにおいがただよっていて、照明の点いている隣の部屋からはほとんど理解できない女性の声がした。爪先立ちでそっと絵に近づいて見ると、薄暗がりのせいで自分の目が惑わされていたのを理解した。絵に描かれていたのはアルヴェイラでなかったばかりか、肖像画ですらなく、金めっきの石膏額縁に入った油絵で(２０９２という番号のついた丸いプレートが下に留めてあった)、豪華な邸宅の、モダンで優雅なインテリアが描かれていた。テラスの幅がある大きな窓や開け放たれたドアの向こうに、陽光の降りそそぐ海の水平線が延びていた。テラスの奥には軽そうな枝編み細工の肘掛椅子が三脚あったが、誰かが使ったのだろう、タイル上に不規則に放置されていた。テラスの先に白塗りの手摺りの端には、テニスのラケットが斜めに立てかけてあった。

は半円状の湾が見え、砂浜には暑さでぐったりした水着姿のひとびとが横になっていた。砂浜の上方では、椰子の木やオリーブの木が生えている急勾配の斜面があり、丘には邸宅が立ち並び、その白い壁は葉の隙間から光を放っていた。窓とテラスのドアがある面とは直角をなす側の壁に飾られた陰鬱な絵の下では、明るい色の服を着た若い男がぐったりと床に横たわり、その上で怖ろしい動物が身を屈め、頭を容赦なく齧《かじ》っていた。そう、もうひとつの街でよく見かける美術モチーフだった。だが、今回人に喰いつこうとしているのは、虎ではなく、成人くらいの身長がある巨大な蟻だった。赤い血が床の上に流れ、カーペットの総《ふさ》に沁み込んでいた。手前では、見知らぬ芸術家が書き物机を描いていて、机上には数通の手紙が無造作に置かれていた。ある手紙の封筒には、《海水浴公社《ソシエテ・デ・バン・ド・メール》》という言葉がフランス語で記されていた。テーブルの端には、ページを開いた状態でぶあつい本が置かれていた。隣の部屋からの光がページに差し込み、文面を読み取ることができた。『オデュッセイア』の一節で、太い線が引かれた箇所には《私がたどりついたのは、いったいどんな人間が住む土地なのだろう?》という詩行があった。ページの余白には、鉛筆の小さな文字でこう書き記されていた。「夜の毒々しい反射光できらめく黄金の仮面をかぶり、クローゼットのなかで朝方に歌を歌う、あの男が突然姿を見せると、長い年月にわたって張りつめていた不安の糸が激しく振動して、ぶちっと切れた。さまざまな形は震え出し、そして破裂した。悦楽と嫌悪の一番奥にある境界の向こう側にある土地から、ベッドの下にしまった空のスーツケースから、我々に襲いかかってきたのだ。驚いたことに、忘れられた内部からやってきたこの悪名高い溶岩は、亀裂の入った表面をゆっくりと流れ、世界の統一をどうにか担保したのであろう。それは、プラム並木に囲まれた、車の走っていない高速道路をさすらう移動式浴場のなかで淡い期待を抱くことを諦めた世界であった。そのとき、これまでの生涯で初めて、ひょっとしたら、化け物は、私たちの友人なのかもしれないという思いが頭をよぎった。統一を試みる接着剤が、悪臭を放つ懸濁液《けんだくえき》であったら、どうなるだろう。重要なのは、ジャングル中央の白い柱に私たちの顔が描かれることだ。柱の頂きには、緑の猿が何匹か腰かけていて、湖からはジャガーの雄叫びが聞こえる。今日というこの日から、私たちは笑みを浮かべて手ぶらで岸辺に近づいていく。だが、私たちが浮かべる笑みは、私たちの法律がかつて害悪となったときにも増して、地元住民を不快にしてしまう。それはそれで、楽しいことだ。私たちがこだわる親切心に勝るものは、この世にはないのだから。線路脇の住居にある食器棚のグラスのチリンチリンという静かな音についても触れている、《化け物に優しく》という見出しはふたたび百科事典に収録され、痛々しいほどの輝きを放つ氷の大聖堂の聖なる絵画とともに説明がなされている。私たちの身ぶりのなかにさまよっていた獣は解放され、いまでは広場の鐘楼の下で毎晩踊っている。私たちの身になにかが起こることはなく、私たちが恐れるものもないのだ。芳しい肌にそっと触れることや、鋭い歯による卓越した仕事は、星座から星座へと広がりをみせる祝典の一部となっている。ナウシカアは、娘たちとともにやってくるがいい、化け物の群れが砂を這いあがってくるがいい……」文章はここで終わり、そのあと線がページ全体に伸びていたが、ある場所でぷつんと途切れていた。それはおそらく、この奇妙な余白の注を書いていた人間のうなじに巨大な蟻が嚙みつき、テーブルから引きずり出した瞬間の痕跡なのだろう。

蟻と若者の上の壁に飾られた絵には夜のプラハ本駅を眺望する風景が描かれていて、斜面下の一番端の線路に停車している列車の窓は暗く、ただひとつの窓だけが強い紫の光を放っていた。列車の明かりや信号機の赤や青の光が線路上で網目のように反射しあっていたが、ひとびとは光を放つ窓を目指していて、大きな動物のぬいぐるみ、正体不明の複雑な機械といった奇妙なプレゼントを持っていた。ふたりの鉄道員は大きな絵を抱えながら、線路上をふらふら歩いていた。絵には、小さな町の広場の市庁舎や貯金局の隣に建っていそうなホテルのレストランが描かれていた。午前中の悲しげな光で満たされたレストランに客はほとんどいなかったが、白髪の紳士が、たったひとり、ボックス席の奥で新聞をまえに身を屈めていた。紳士の頭上の壁には、煙で黒くなった一枚の絵が飾られていた。それは、いま私が目のまえに見ているものと同じ絵のようだった。沿岸の邸宅内を描いたもので、巨大な蟻が若い男性の息の根を止めようとしていた。

壁に飾られた絵、そのなかに描かれた絵を眺めていると、硝子ドアの向こう側から、はっきりとは聞き取れない女性の声や笑い声が聞こえてきた。私は目のまえの絵に魅了されていたので、隣の部屋から聞こえる声にあまり注意を払わずにいた。すると突然、誰かが私の住んでいる通りの名前を口走ったように思えた。私はドアの脇の壁に立ち、木製ドアのフレームに耳をくっつけた。聞こえてきたのは、楽しそうに言葉を交わす女性たちの声だった。「……あのひとはね、この通りが、町や森や平原を抜けて、ジャングルの黄金宮殿に続く昔からある長い道の一部であるのを知らないのよ。たいていのひとは、道の区画に関連があることや、道ができても隠れてしまう方向のことなど忘れてしまっている。道は風景のなかに融け込んでしまって、草に埋もれた道を知ることなどできなくなって、道のはずれは森のはずれと一体になっている。何世紀にもわたる雨で区切りがなされ、苔の生えている里程標と普通の石とを識別できるのは、ほんのひとにぎりのひとだけ。道の関係を予感できるひとだったら、疑念を抱くはずよ。漆喰の湿った匂いがしてタイルがぐらぐらする田舎の居酒屋の廊下や、イラクサの生えている中庭、泥だらけの側溝、古い店が多く建ち並ぶベランダを長い年月歩いていると、この臭い空間が宮殿に続く道なんてありえないって。その道を歩んでいるときは、花崗岩《かこうがん》の柱に見られる高貴なシンメトリーや眺望を想像しているの。でも、じつはだいぶまえから道を間違えているんじゃないかって思うようになって、ぼろぼろに朽ちたドアのまえで道の捜索を断念してしまうの。そのドアのすぐ先に宮殿への道が続いているというのに」

「そうよね」もう一人の女性の笑い声が響いた。「道が風景のなかに融け込み、もうこれより先に道はないって思うときが、一番、道が道になるというのにね。そういうときに、目的地は溶けてなくなってしまう。私たちを道中たえず惑わせる目的は溶けてしまうの。だって、それは、出発した場所で生まれた私たちの想像物でしかなくて、たえず私たちを元の場所へ連れ戻そうとする。旅の終わりの地点にたどりついたという希望が持てるのは、目的地や道のことも忘れてしまうとき、空間に入り込み、その静かな流れに身をゆだねるときだけ。夜の境に木の幹の隙間から宮殿が光を発するのは、いつの日か宮殿を見るかもしれないという夢をとっくの昔に忘れ去ってしまったときだけなの」

「本当に冗談めいてるわね」三人目の女性の声が言った。「道の終わりは、道のすべての断片を支配しているってことをあのひとは知らないのかしら。見覚えのある通りを歩いていても、宮殿に向かっているのか、それとも、宮殿から離れているのかもわからないのだから」

「今、なにしているのかしら?」その声が笑い声をかき消した。

「隣の部屋で絵を見ているわよ」私は思わず立ちすくみ、壁に身を寄せた。

「もう絵は見ていないわよ、多分、ドアの向こうで耳をそばだてているんじゃない。私たちの話を聞いているかしら?」

「聞いてもかまわないわ、どうせなにもわからないでしょ」

「そうそう、わかりっこないわ」女性たちの声がにぎやかな笑い声をあげた。「《蟻に嚙まれた男》が残したメッセージも、わからないでしょうね」

「ばかだからね」どっと声があがった。「《蟻に嚙まれた男》のことが、あのひとに理解できるわけないでしょう」

一方の声は、笑いで息が止まりそうになった。「絵を見て震えあがっているはず、蟻よりもはるかに大きな昆虫と一緒に、これから何年も同じ部屋で暮らすことになるのを知らないのよ！　きっと、大きなハエよ」

「そう、ハエ！　ハエ！」歓喜の声があがった。喜びの叫び声が静まると、声は叫びはじめた。「本棚の本を食べるはずよ、ハエはきっと口先をつかって本を棚から取り出すの」「忠実な連れ合いになるはず。ハイキングに出かけたら、あのひとを追いかけて道路に出る。追い払おうとしてもむだなの」「列車では、満席のコンパートメントに入り込むの！」「城を見学するとき、ハエは、ホールからホールへと滑らかな寄せ木張りの床の上をスリッパで滑っていくの！」

　私は、ドアをバンと激しく開けた。私が足を踏み入れた明るい部屋は、キッチンだった。網の目状に広がったひびにクリーム色のラッカーが塗られた食器棚、それから、ビニールのテーブルクロスがかけられた丸いテーブルがあった。部屋には誰もいなかった。壁際の収納されたミシンの台に置かれたレコードプレーヤーではレコードが回っていた。壁にはアルプスのホテルがカラー印刷されたレコードのジャケットが立てかけてあった。女性の声が聞こえたのはレコードプレーヤー脇の小さいスピーカーからだった。まだハエやなにかのことで大声や笑い声があがっていたが、トーンアームは中央部分に達すると停止し、声はやんだ。私はトーンアームを戻して、すこし聞いてみることにした。「……蟻よりもはるかに大きな昆虫と一緒に、これから何年も同じ部屋で暮らすことになるのを知らないのよ！……」すべてが一字一句正確に繰り返されていた。同じ言葉、同じ笑い声だった。そのとき、唸るような水の音が聞こえ、閘門の水面がまた上昇するのを悟った。私は急いでキッチンと暗い部屋を走り抜け、窓の手摺りに飛びついた。すでに水が窓越しに流れ込んでいたが、最後の瞬間に離れつつあった甲板にどうにかしがみつき、船に這い上がることができた。雪の積もった砂の山の上に横になり、垂直に長く伸びているトンネルを見上げてみた。私は雪を払いのけると、レコードの女性の声が水面下で沈黙し、光の灯った窓も水面下に沈み、しばらくして初めにいた場所で船が停泊しているのを見た。

第18章　駅

　チェコ軍団橋には、誰にも踏まれていない、降ったばかりの雪が街灯の光を浴びて、きらきらと輝いていた。周りを見渡すと、砂を搭載した船が閘門の陰でひっそりと停泊していた。沿岸の邸宅内の絵で見た、離れて停車している列車のことを想い出し、あの列車を見つけてみようと思い、プラハ本駅に出かけてみることにした。

　エルサレム通りを抜けると、硝子張りの駅のホールが、雪の積もった公園の暗い木々の幹のあいだから淡い光を放っていた。ホールには上着にくるまったひとが何人か石のベンチに眠っていて、きらきらと輝く床の上を清掃機が静かに動いていた。清掃機にはカラフルなつなぎを着た若い男性が乗っていた。私は白いタイル張りの地下道を通り抜け、階段を上がって一番奥のプラットフォームに出た。プラットフォームの先にある暗い操車場では幾本もの線路が弱々しい光を放っていた。ブラチスラヴァ行きの急行列車の出発を待つ旅行客が落ち着かない様子で長いプラットフォームを歩いていた。列車はプラットフォームの反対側にすでに到着していて、開けられた窓越しに微動だにしない兵士の姿が見えた。私は、紙コップに注がれたビールをキオスクで買った。明かりの灯ったキオスクの硝子の内側は蒸気で曇っていて、私は店の脇に設置された小さいカウンターに肘をついて寄りかかって、ビールをちびちびと飲みながら、蜘蛛《くも》の巣のように張りめぐらされた線路を眺めた。線路は見たことのない構造物の黒いシルエットでところどころ遮断されていたが、駅の装置なのか、もうひとつの街の聖なる像なのか、区別できなかった。もしかしたら、ここではその両方が混じりあっているのかもしれない。奥のほうの線路に、各駅停車の貨物列車が停まっているのが見えた。急峻な斜面のふもとの茂みに埋もれて、沿岸の邸宅内の壁に飾られていた絵の列車が停まっていた。ただ異なっていたのが、すべての窓が暗かったことだ。私は身体を倒し、頭も傾けて、キオスクの狭い小窓を覗き込んだ。兎の毛皮のベストを着たキオスクの年配の女性に、一番奥に停車している列車のことを知ってますか、と訊ねてみた。すると女性は、そんなことは知ったこっちゃない、心配事はほかにやまほどあるんだから、さあ、あっちにお行き、と声を張り上げた……。女性の声には不安がみなぎっていた。私はビールを飲み干すと、紙コップをゴミ箱に投げ捨て、プラットフォームから線路に飛び降りた。売り子の女性が動揺した声で、そっちはいっちゃだめよ、と私に呼びかけているのが聞こえた。だが私は耳を貸さず、遠くの暗い窓の列車を目指し、線路の上をよろめきながら歩いていった。

その列車には、ほかの列車と変わっているところはなにもなく、汚れた窓の背後になにか尋常ならぬものがひそんでいるような気配はどこにもなかった。私は最後尾車両の後部ドアを開け、ステップを上がって列車に入った。誰もいない真っ暗なコンパートメントを通過し、車両を歩いていった。斜面に生えている灌木の枝が窓にぶつかり、静かに音を立てていた。次の車両に足を踏み入れると、車両内部が区切りのないひとつの空間になっているのがドアの硝子越しに見てとれた。なかにはベンチが置かれ、その後ろでは、私と向きあうような形で子どもたちが坐っていた。車両の奥ではグレーの上着を着た男性が重そうなテーブルの陰で椅子をガタガタ揺らしていて、その隣には女の子が立っていた。この車両が学校の教室として使用されているのは一目瞭然だった。室内は暗かったので、子どもたちは蛍光インクを使ってノートに書いていた。私はそっとドアをすこし開けてみた。先生が少女たちに質問をしているのが聞こえた。「格語尾の起源がどうやってできたか知っていることを話してごらん」

女の子は自信なげに答えはじめた。「格語尾は、もともとは悪魔降臨を請うものでした。人間がなにかと関係を築くときには、毎回、守護悪魔が立ち合っていました。なにかの名称のあとに、悪魔の名前を呼び出していたのです」

「その通り。じゃあ、今度は、悪魔の降臨を請う言葉がどのようにして格語尾になったか答えてごらん」

「異国の女性たちが、盲目のジャガーを引き連れ、冷たい階段を上がり……」

「ちょっと、大過去の起源と混同しているよ」教師が生徒の言葉をさえぎった。「想い出せないのかい？」

少女は黙りこくり、びくびくした様子で足を何度も組み替えていた。教師はほかの生徒のほうを向いた。「誰か答えられる者はいるかい？　君はどうだね」

一列目のベンチに坐っていた少年は、指名されるとすっと立ち上がって答えはじめた。「さびついた巡洋艦が切り株のある原っぱに現れたとき、悪魔の名前はアクセントを失い、徐々に名詞と融け合い、人間は本来の意味を忘れてしまいました。守護悪魔が関係していた特殊な形態との因果関係は、単なる文法的な機能となってしまったのです」

「たいへん結構、着席してよろしい。だから、文法は応用なに学と呼ばれるのかな？」教師はふたたび上段にいる少女のほうにうなずいてみせた。

「文法は応用……つまり、文法は応用悪魔学です」

「ほら、できるじゃないか。さあ、こんどは、格語尾の将来の展望について知っていることを話してごらん」

「格語尾は、屈辱的な地位からすこしずつ解放され、昔日の栄光のなかで光り輝くようになります。名詞の語幹からすこしずつ離れ、初めにあったもの、悪魔によって呼び出されたものになっていきます。名詞の語幹は意味を失って、徐々に小さな声でしか発音されず、最後には消失してしまい、言語に残るのはかつての語尾だけで、ほかのすべてのものは余計なものだと、皆思うようになるのです。ホールの静けさのなかに響くのは、風に揺れるカーテンのぱたぱたという音と、今日、私たちが活用語尾として知っている悪魔たちの怖ろしい名前だけです」

少女の声は徐々に自信に満ち、しまいにはある種の意地悪さも込められ、勝利の調子にみなぎっていた。「カーテンの揺らめき、いにしえの名前……」教師は震えた声で言った。「最後はそうなるけれども、そのまえはどうだったか、言ってごらん！」

「化け物のゴルフ場は私たちのベッドまで広がっています。硝子のパイプラインがトウモロコシ畑を横断し、シルクの下着を着た女性たちが規則的な間隔を置いてそこに逃げ込みます。部屋の暗い片隅にある森は侵入ができず、その奥では白いランプが光を放っています」

教師は目を閉じたまま坐っていたが、手を伸ばして机の角をつかんだ。「そうそう」悦に入った様子で囁いた。「肘掛椅子に坐りながら、やっと、砂糖漬けの百科事典と辞書を開いて、甘いページを何時間も吸ったり噛んだりできるな。それから、電源の入ったカラーテレビの夢を見ることもできるぞ。テレビは夜の牧場をゆっくりと飛翔し、美しい動物が一族の父を拷問しているのを画面に映し出し、そればかりか、砲兵隊がようやく我が家に帰還するはずだ。素晴らしき異端が植物の子宮のなかで新たに生まれ、その後味は硝子張りのビュッフェで昔に食べたボルシチを想起させてくれるにちがいない」

少女は教師に近づいた。「ばかなことを言わないで」断固とした口調で言った。「砲兵が戻ることはけっしてない、かれらは、ゴミ溜めが腐って使いものにならないオックスフォードで勉強する羽目になり、砂糖漬けの本は没収され、光り輝く残酷な機械のせいで、閲兵席からトカゲにむけて本が投げ捨てられてしまう。そのころ、トカゲはまだ従順に四列行進をしているけれど、その直後に、私たち、幼い少女たちと共謀して、数世紀にわたって隠蔽《いんぺい》されていたことを大声で暴露するの、つまり、犬には外界の存在などないということを」

「ま、まさか、それはありえない」教師は息を呑むように応え、前方をしかと見つめた。「ありえない話だ、私はこれまで何年ものあいだタイプライターの形をガスから液体に変化させようと試行錯誤を重ねてきた。極地に棲む動物の世界から幾何学を追放し、都市交通に残酷な多神論をもたらそうと努力してきた。都市交通を管轄する最高責任者は、当初、事態を理解しようとせず、私を煙たがっていた。水の精の歌が弱々しく響いてくる夜の湖上に浮かぶ巨大な秤《はかり》のように手をぱたぱたと振って、私はかれのあとを追いかけていた。——君は、こういったすべてのことが水泡に帰すというのか？」

少女はふてぶてしい笑い方をした。「もちろん、そうよ、おばかさん」教師を見下すように言った。「極地に棲む動物の世界から幾何学を追放したですって……幾何学的空間では一、二頭のペンギンがつねに残っていると、ユークリッドの第一公理に記されてあるのを忘れたの？　私に説明したのは、おまえじゃないか。この公理があったおかげで、アムステルダムのデカルトの両手が身体から離れ、デカルト本人に攻撃を仕掛け、忘れられたはずのものがデカルトにぶつかり、運河沿いまでかれを追いかけて運河に突き落とそうとした。そのため、デカルトはクリスティナ女王のもとに逃げ込む羽目になった、と。だが、アルノーに宛てた手紙のなかでデカルト自身が告白しているように、王宮でもかれは自分の両手から自由にはならなかった。おまえが触れてきたこんなナンセンスな話を取り扱う代わりに、シュピンドレルフ・ムリーンのチェアリフトの照明の光度を弱めてさえいれば、書棚の硝子の奥にある錠をいつも開けっ放しにしておけば、よかったものを……おまえが夜遅く私たちの家を訪問し、十分に加熱されていない彫像で私たちの両親を叩いたのは、私たち子どもたちにとって望ましいことじゃなかった。トイレに入って、計算機の上でオレンジを搾っているのを私たちが見つけたとき、おまえは敵対者となった。つまり、私たちはおまえのことが嫌いで、おまえは、私たちの笑い種のような存在なのよ」

教師は黙りこくり、手で頭を覆った姿で教卓に坐っていた。子どもの笑い声が響き、教室全体が残酷さと憎悪に満ちた笑いを教師に投げかけた。笑いはとどまることを知らず、次々と新しい笑いを引き起こした。私はドアを閉めて隣の車両に移り、列車から降りた。

一番端の線路と灌木の生い茂った斜面のあいだにある雪の積もった細い道を歩いていくと、枝が顔に何度もぶつかり、わずらわしかった。斜面の茂みの切れ目から、地下シェルターの入口のような重い装甲用のドアが目に入った。力を振り絞ってドアを開けてみると、アーチ状の廊下がずっと続いていて、汚いタイルが敷き詰められ、明かりの点いた電球が並んでいた。電球は風に吹かれて、天井でゆらゆらと揺れていた。ドア近くの壁にはさびついた自転車が立てかけてあった。廊下の片側にはケーブルと蛇口のついた管が延びていて、コイルのあいだからまいはだが突き出ていた。その向かい側には、何枚もの絵が規則的な間隔を置いて吊るされていた。何十枚もの油絵があったが寸法はどれも同じで、描かれているものもすべて同じように思えた。絵はどれも、沿岸の邸宅の内装を同じ角度で描いたものだった。それは、閘門の住居で見た絵とまったく同じ場所だった。だが絵には、若い男性も、巨大な蟻も、描かれていなかった。額縁の下の中央には、細い銅の帯がつけられていた。一枚目の絵には1という数字が刻まれ、その先の絵は数字がひとつずつ増えていた。驚嘆しながら、私は同じ絵が飾られた画廊を歩いていった。だが、丁寧に絵を見ていくと、細部がすこしずつ異なっていることに気がついた。カーテンの折り目、波の形、沿岸にいるひとびとの姿勢。それから絵にはすべて、目覚まし時計の秒針が描かれていた。時計はテーブルの上に置かれ、まえの絵よりもそれぞれ六十分の一だけ先に進んでいた。画廊全体がある種の映画となっていて、一秒のあいだに部屋のなかで起きた出来事を描いていた。カーテンが波打ったり、時計盤の秒針が単調に動いた道筋だけかもしれなかったが、そのような出来事が描かれていたのだった。入口に戻ると、一枚目の絵の目覚まし時計はちょうど十二時を指していた。私は自転車に乗り、絵の列に沿って走りはじめた。

アーチ状の廊下を二キロほど走ったが、絵のなかの波やカーテンの形がすこし変わった程度だった。1032番の絵でようやく（時計は十二時十五分過ぎだった）、怖ろしい下顎をもった蟻の頭がドア付近に現れた。蟻は部屋に誰もいないのを見ると、急いで部屋を横切り、窓の端にあるレースのカーテンに身を隠した。1034番から2039番までの絵は、蟻が動作を見せたそれぞれの段階を描いていた。絵のまえを自転車で走ると、絵画は額縁のなかで上演されるある種のスリラー映画のようなものになっていた。それから一キロほどのあいだ、絵に変化はほとんど見られなかった。

１４７１番の絵でようやく白い服を着た若い男が姿を見せた。そのあと、男は、ざっと手紙に目を通してから、ホメロスを読みはじめた。パイアケスの島の沿岸で、ナウシカアとその仲間の声で目を覚ました折に、憔悴したオデュッセウスが心のなかでつぶやいた文章に線を引き、余白に奇妙なコメントを書きはじめた。そうこうしているうちに、蟻が若い男にそっと近づき、２０５４番の絵で、背後から男性のうなじに噛みつき、そのあとの絵では、男性を椅子から引きずり落とし壁に連れていく様子が描かれていた。２０９２番の絵は欠番になっていた。それが、閘門で見た、住居に飾ってあった絵だったのだ。もはや男性が動くことはなく、闇の憎悪で引きつっているのか、蟻の下顎が開くことはなかった。２１７３番の絵では、白い天使がテラスに舞い下りていた。天使は部屋に入るとすぐさま蟻と格闘しはじめ、おたがいに激昂した様子で相手を床に叩きつけていた。そのあいだ、紺碧《こんぺき》の海ではよく日焼けしたひとたちが呑気に水遊びをしていた。蟻が天使に激しく噛みつくと、天使の傷口から黄金の血がぽたぽたと流れ、太陽光に反射してきらっと輝いた。だが最後には天使が蟻を地面に押しつけて跨がり、蟻を窒息させ、蟻の巨大な黒い触角は２８９５番の絵でぴたりと動きを止めていた。時計は十二時四十八分を指していた。天使は立ち上がって引き出しをあけ、血まなこになって書類を探していた。それから書棚にあった本を次々と外に落としはじめた。そしてようやく探していたものが見つかり、『ヘーゲルと近代

思想　コレージュ・ド・フランスでのヘーゲルについての講義（一九六七－一九六八）　ジャン・イポリット編』と表紙に書いてある白い小冊子から床になにかがひらりと落ちていった。驚いたことに、それは、私とアルヴェイラが写っている写真だった。暗いワインケラー《蛇》の大きな窓硝子の向こう側にいるふたりだった。天使は写真を細かく丁寧に千切ると、テラスから海に飛んでいき、写真の破片を波のなかに投げ捨て、地平線のほうへ去っていった。３６００番が振られた最後の絵では、天使は紺碧の海の水面に浮かぶ明るい一点の染《し》みとなっていた。その絵は午後一時を指していて、ひとびとは湾の沿岸で灼熱の太陽に身体をさらしていた。この絵が最後の一枚で、廊下は閉じられたドアのところで終わっていた。私は自転車から降りて壁に立てかけ、ドアノブに手をかけた。

第19章　階段

私が足を踏み入れたのは暗い部屋だった。ふたたび、そこで見知らぬ空間にただよう匂いを感じたが、それは、さまざまな香りが入り混じった悲しい交響曲が奏でる和音だった。大きな窓の向こう側には夜空が見え、途切れた雲がどこか落ち着かない様子であちらこちらにただよっていた。雲の切れ目に明るい月が顔をのぞかせると、月明かりが壁紙を照らし、部屋の奥の硝子や植木鉢のつるつるとした厚手の葉っぱに反射したかと思うと、ふっと光は消えていった。窓に近づくと、硝子には渓谷のような光景が映っていて、その起伏は壁と屋根の無数の平面に分解されていた。私は現在位置を即座に理解した。アーチ状の画廊の廊下を通ってヴィノフラディの地下を抜けて、私がいまいるのは、ヌスレの階段の上にある、ヌスレの渓谷を窓硝子越しに見下ろせる一軒の住宅だった。見知らぬ住宅の窓の近くに立ち、街灯が、雪の上できらきら輝く暗い渓谷を見下ろしてみた。渓谷の奥では、斜面がパンクラーツのほうに緩やかに上がっていて、硝子張りのホテルのタワーが頂上に聳えていた。タワーの壁面は刻々と変わっていく月光を浴びて、光を放ったり暗くなったりしていた。

　窓の近くの台には、調整レンズ式の望遠鏡が置いてあった。接眼レンズに目をあて、ゆっくりと望遠鏡を動かし、家々のファサードや雪の積もった通りを舐めるように眺めてみた。暗い窓の列、音を出さずに停車しているトラック、暗い工場内の雪の積もった中庭でそっと光を放つ一本のランプ、淡い光が灯っている硝子張りの守衛所、足を踏み入れる隙間がないほど周囲が生い茂っている鉄道の盛り土などが、次々と接眼レンズのなかに現れた。レンズを眺めていると、明かりが灯っている窓が見えた。なかを覗き込むと、屋根裏部屋の一室でベッドの下から水が噴き出し、細い流れをつくって、部屋の片隅に流れていた。ひょっとしたら、この水の流れは、暗闇のなかもうひとつの街で泡をぶくぶくと出しているほかの小川と合流し、ゆったりと力強く流れる川になるのかもしれない。川は花崗岩と大理石の土手で仕切られ、スフィンクスの石像や川に下っていく幅の広い階段を備え、川のざわめきは、夜の静寂のなか、壁の向こう側からも響いてくるのかもしれない。玄関の洋服掛けには、重そうなコートが吊るされていて、その下では、暗い危険な階段を通って、氷山の登山を試みるクライマーたちが疲れ切った様子でキャンプを張っていた。さらに、室内を見てみると、下着がしわくちゃになって肘掛椅子に放り出されていた。寄木細工の床では、謎めいた天極が淡い光を放っていた。どういった鉄が不安をおぼえ、どういった釘が闇のなか引きつけられるのか、それは神のみが知ることだが、クライマーたちは最後の力を振り絞って、たえず巻き上げられているカーテンの折り目を乗り越えて登頂し、白く長いカーテンを織り合わせ、整えられていないベッドのしわくちゃの羽毛布団の山を這って横断しようとしていた。奥にひそむ火山のクレーターの上に寝室が見えた。そこは、冷たい溶岩で青く輝いていた。溶岩は割れ目を通り、クローゼットの隙間や書棚の本と本のあいだを、あるいは、幅のあるベッド横のナイトスタンドの開け放しになっている引き出しを通ってゆっくりと流れ出ていた。夢想的な光を放つシーツの上ではふたりの裸の少女が抱きあって眠っていた。照明の点いていない《鏡の間》の大理石のテーブルにはトランプを燃やして遊んでいるばくち打ちがいた。カードについた炎は暗い闇のなか鏡に無限に反射して、それはまるで、ボティチ川の凍った水面近くの荒廃した建物の窓に映った、毒々しい輝きを放つ、陰鬱なお告げのようだった。

ドアを開けた途端、呼び声がかすかにしたように思え、隣の部屋に入ってみた。回旋状のアラベスクの絨毯に月明かりが差し、不安めいた叫び声が遠くから聞こえる部屋の奥は、先が見通せないほどの闇に包まれていた。私は奥に進もうとして、暗闇で家具の角にぶつかると、そのあと椅子につまずき、スプリング入りの革張りのソファにばたんと倒れ込んだ。声は静まったが、ゼーゼーという音は規則的な間隔を置いて強くなったり弱まったりしながらまだ聞こえていた。すると、なにか柔らかいものが私の頬をかすめていった。夜行性の昆虫の翅にでも触れたのかと思い、闇のなか、手で前方を探ってみると、細い紐で編まれた総をさぐりあてた。総は、長い鉄製の脚で布製のランプシェードの下の端に吊るされていたものだった。先端には、滑らかなボールのついたスイッチ用の紐があったので引っ張ってみると、象牙色のランプシェードがぱっと明るくなった。近寄ることを躊躇《ちゅうちょ》してしまうような冷たい海の沿岸に、ランプは置いてあった。そればかりか、ランプは闇から私の足元へと流れてくる緑がかった波を照らし出していた。波は絨毯の模様のところで弱くなって細かい泡となり、次の波がやってくるまえに絨毯に浸み込んでいた。すると、暗闇から、ふたたび、なにかを呼ぶ声が聞こえた。ランプの光が照らし出している範囲に角材が現れ、そこに少女がしがみついていた。身体は冷え切って青ざめ、服がめくれあがっていた。波は、部屋の白い天井近くまで少女を持ち上げたかと思うと、目のまえの絨毯の上に少女を置いていった。少女は明かりの点いたランプの下で微動だにせず横たわっていた。私は濡れた服を彼女から脱がすと、抱きかかえてランプのすぐ脇にあった羽毛ベッドの上に寝かせ、顔を覆った濡れた髪を手で払いのけた。それは、シロカー通りに停泊していた船の甲板に立っていた少女だった。

私は隣の部屋に行き、ガスバーナーを点けた。青い炎の光に照らされた、中国の竜が描かれた壺が見えたので、それでお茶を沸かすことにした。部屋に戻ると、ベッドの端に腰かけて、お茶の入ったティーカップを少女の口にあててみた。少女はお茶を飲み干し、私の目を一瞥してから、落ち着いた声で、ゆっくりと話しはじめた。「私たちは難破したの。大きな図書館の本棚に囲まれた、波の荒い地峡を、私たちの船は航行していた。石の本の断崖にでも衝突したと思うわ。船のコンピューターの奥深くに昔から入り込んでいた未知のプログラムが航行プランのなかに侵入し、論理包括のチェーンを寸断してしまったにちがいない。でも、そんなことは、もう、どうでもいいわ。船の乗組員のなかで生き残ったのは、私、たったひとりなの……。もう、私のフィアンセにも、二度と会えないわ。いまごろきっと、気のめいるような海底のカフェでさまよっていたりするのかしら、あのひとが水面上の世界を想い出すとしたら、それは、おぼつかない奇妙な夢のなかだけ。まえからわかっていたの、コンピューターには、なにか悪いものがぐつぐつと煮えたぎっているって。でも、そんなことは、あのひとと話すときは話題にしたくなかった。だって、子どものように忠実で、船長や乗組員に際限ない敬意を払っていたから——あるとき、どうにもたまらなくなって、あの船長はむかつくわねって思わず口走ってしまったの、すると、非難する調子で私をじっとにらんでいた。乗組員のうちすくなくともふたりは単なる幻でしかないことや、乗客が見る下劣な夢が暗いアフリカを船首に生み出し、それが獰猛な獣のように襲いかかってくるのを、旅行客の誰もが理解しているというのに、あのひとは首を縦に振ろうとしなかった」

ベッドの陰で、海の化け物が角の生えた頭を水面から見せたように思えたが、それは、転覆して波頭に乗って揺れている船のなかでひっくり返ったテーブルだった。波は、闇に隠れていたアップライトピアノのほうにテーブルを持ち上げ、ピアノのすべての鍵盤が弱く響き、長い余韻を残していた。それは、狂気という静かな音楽が奏でる和音の余韻だった。「あのひとが、私の手に触れてくれることは、もう二度とないの」少女はそっと囁いた。「私に触れるのは、風に揺れるカーテンだけ。そう、私に触れるのは、滑らかな生地、嫌悪感を誘う茂みの濡れた葉、そして、ぼろぼろになった壁の漆喰だけ。ああ、神様、この悲しくも奇妙な土地を離れることは二度と叶わない。ファサードの怖ろしくも動くことのない彫像とともに、私はひとりで生きていかなければならないの。脅威を感じさせる壁の装飾に囲まれて。私は、果てしない柵にそって歩き続けるしかないの、突然鳴り響き、建物の奥深くまで入り込む、遠く離れた列車の音に耳を傾けるばかりで、私はどこにも逃げることはできない……」

彼女の言葉を裏付けるかのように、トンネルに向かう列車の汽笛、そして孤独と絶望の夜の声が響いた。私は少女の頬をそっと撫でた。すると、少女は私の手首をつかみ、自分のほうに引き寄せると、予想だにしなかった力で私を羽毛布団の上に押し倒し、冷たい身体を近づけ、私の足に絡みつき、シャツのなかに手を入れて、私のお尻をぎゅっとつかんだ。私たちは隣り合って横になり、羽毛布団がするっと落ちて見えた彼女の肩越しにランプの光に照らされた緑の波が盛り上がり、近づいたり下がったりする様子が見えた。時折波の飛沫《しぶき》が羽毛布団や私たちの顔にかかることもあった。冷たくなった唇は枕を離れ、海の動物かなにかのように私の頬を愛撫し、私の口をこじあけて吸いついてきた。

背後から足音が聞こえてきたが、絨毯に吸収されて、音は大きくはならなかった。不安に駆られた少女は、いままで以上にしっかりと私にしがみついた。私は少女の唇から口を離し、音のする方向に頭を向けた。黒いシルエットが現れ、家具のまえをためらいながらこちらに近づいてきた。ランプの照らす円のなかに、シルエットが足を入れた瞬間、その人物は、少女と一緒に船の甲板に立ち、沿岸の散歩や水滴のついたサンデーのことを話していた若い男であるのに気がついた。少女は、その男を見るやいなや、歓喜の声を張り上げたが、私からすぐには離れず、抱擁は徐々にしかほどかれることはなかった。

「生きてたのね！　ねえ、いったいどうやって生き延びたの？」少女は大声をあげたが、彼女の手はまだ私のシャツの下をまさぐっていた。「イルカの背中にでも乗って、沿岸にたどりついたの？　それとも、住まいの奥地をさまよう密輸業者のボートにでも助けられたの?」

　少女の恋人はベッドの端に腰かけると、私の上で身体を曲げて、少女の頰、肩、乳房にキスをした。少女はようやく私のシャツから手を出し、婚約者の首に手をまわした。私はばつの悪い思いをしたのでうつぶせになり、抱擁しあうふたりの下を這ってその場を脱しようとした。「船が難破したとき、ぼくは、船内にはいなかったんだ」男はキスとキスの合間に愛情たっぷりのこまやかな声で言った。「君が眠っていたから、ぼくは、ナツメヤシや干しアプリコット、それにカシューナッツを買いに、デパートに出かけていたんだ」若い男は、ビニール袋からカシューナッツを取り出すと、少女の口に放り込んだ。ふたりはもはや私という存在に注意を払っていなかったので、私はベッドからどうにか出て、月が煌々と輝く窓の近くにたどりついた。背後では、まだ波の音に混ざって、ふたりの会話が聞こえていた。

「これからどうする?」少女が言った。「もう島には戻れないし、白い遊歩道を歩いたり、海上のテラスに腰かけることもできないわ……」

「そんなことは、どうでもいいんだよ」恋人が答えた。「これでよかったんだ。どんなことだって、想像してみればいいんだ。そうすれば、きっと素晴らしいものになるはず。ハイキングやきらめくプール、提灯《ちょうちん》を飾った華麗なパーティ、楽しい仲間たちとの悪ふざけ、夜のヨットの甲板でのダンス、こういうものは毎日夢に見ればいいんだ。だって、ぼくたちは現実を必要とするほど鈍くはないだろう……」

部屋の奥から聞こえる声は、海のさざ波と混じりあっていた。私はその建物を離れ、暗い廊下に向かった。玄関のドアはヌスレの階段と直接つながっていて、私は雪で覆われた階段を通って渓谷の下のほうに降りていった。左側では、トンネルから線路が斜面の下に延び、その先で分岐していた。右側では、階段の柵越しに灌木が伸び、雪の積もった急峻な庭園の端まで生えていた。私の足は、雪が吹きだまっている階段のかどを注意深く探りあてた。月は雲に隠れ、深い闇に包まれていたが、雪のなかでなんらかの明かりが弱い光を発しているようだった。踵を返したその瞬間、私の身体は思わず凍りついてしまった。頭を下げた姿勢で、誰かが階段をゆっくりと下っていたからだ。頭から爪先まで、淡い緑の光を全身から発し、ゆったりとしたフードで顔を隠し、白い外套で身を包んでいたものの、黒ずんだ血の大きな染みが白い布についていた。私は、庭園の柵のほうに後ずさりした。灌木の曲がった枝が私の背を押し、髪の毛に喰い込んだ。そうこうしているうちに、光を発する人間が近づいてきた。その人物の足が私の立っていた階段に触れるやいなや歩みをぱっと止め、私のほうに頭を向けた。その人物がフードをぱっと上げた瞬間、思わず私は叫び声をあげた。目のまえにいたのは、この数日間、何枚もの絵やいくつもの彫像から、私を見つめていた、あの痩せさらばえた顔だった。喉元には穴がぽっかり開いた深い傷跡が見え、黒ずんだ血が滴っていた。「ダルグース」私はつい小さな声を漏らした。私たちは向かい合ったまま立ちつくし、言葉を発することなく、おたがいを見ていた。ぼさぼさの長髪に、うっすらと光る頭の背後では、車窓の明かりが点いた夜行の急行列車が鉄橋を渡っていたが、血は、雪の上をぽたぽたと静かに滴っていた。私は、どう振る舞うべきかわからなかった。神と遭遇したことなど、いままで一度もなかったからだ。思わず近づいて手を差し出しそうになった。危険な内海で船が難破した、あの恋人たちを島に連れ戻すよう頼むべきなのか、それとも困惑して憔悴しているアルヴェイラに、助けの手を差し伸べるようお願いすべきなのか？　私が近づこうとしても逆に遠ざかっていくかれの街へ、もうひとつの街の広場や宮殿に、私を連れていってくれるよう頼んだほうがよいのか？　だが、ダルグースが誰かを手助けできる状況にあるようには思えなかった。彫像では、残忍ながらも誇り高い神として形象化されていたが、実際はそうではなかったからだ。私と同じように、当惑しながら、亡命の地をさまよっている、追放された異邦人の顔つきをしていた。神という存在は、けっして終わることのない、際限なく続く大きな苦痛のひとつにすぎないように思えた。ふと、私はかれに同情の念をおぼえ、かれのためになにかできることはないかと思いをめぐらした。けれども、手助けできることなど何一つないことも、わかっていた。

ダルグースはふたたびフードで顔を覆い、階段を下っていった。レストラン・エクセルシオールのまえを通り過ぎ、ヌスレの階段とボティチ川のあいだの静かな街路へ曲がっていった。車庫のシャッターが下ろされ、工房の窓のない壁や荒廃した工場が立ち並ぶ、線路脇の茂みが埃をかぶっている空間へと。

第20章 ジャングル

書棚の近くで船が難破したという少女の話は、クレメンティヌムの図書館員が語っていた図書館の暗いゾーンのことを想起させた。翌日、私は、ふたたびかれの仕事場を訪れてみた。もうひとつの街のことや私が彷徨していたことを告げ、書庫の奥に案内してくれるよう頼んでみた。だが、かれは、そういったことにまったく関心を示さなかった。あのいかがわしい空間の周縁を訪ねて、隠れた境界を探ってみようといった好奇心など、とうの昔に失せてしまっていたのだ。

「もう、あなたは、そういった探検から身を引くべきじゃないですか」かれは私にそう言った。「あなた自身、どこかのまぼろしの街の住民のようになりつつあるじゃないか。どうしても、もうひとつの街に行きたいというのなら、ほかの選択肢を選ぶべきだね。図書館を通っていくルートはあまりにも危険だ。図書館は油断ならない場所なんだ。たしかに、日中、書棚に並ぶ本の背には光があたり、通りの喧騒もここまで聞こえてくる。だが、館内でばったり会った女性の図書館員がふたりで、昨日見たテレビ番組の話題で盛り上がってしゃべっているうちに、書棚の奥深くでは夕暮れの霧が立ち込め、臭いを放つ海藻が本からぶら下がったり、動物かなにかの悪意ある唸り声が聞こえてきたりする。つまり、経験豊富な図書館員でさえ、図書館に関する自分の知識を過信すると、入ったことのない場所に分け入って本を探すことになるんだ。そういうひとを見かけると、同僚たちはなかに行かないよう説得するけれども、そのひとはにやりと笑みを浮かべて、図書館に勤めて三十年になるんだから、ここのことは隅々まで知っているよ、と答える。かれが警告に耳を貸そうとしないのがわかると、ほかの職員たちは利用者のもとに駆け寄って、お願いだから、本の注文をキャンセルしてくれ、と懸命に頼み込み、代わりに豪勢な書物がうずたかく積まれた山を差し出す。表紙にきらきらと輝く宝石が嵌められ、オリエントの稀有な香水の匂いがする書物、滑らかなビロードや細かい砂をいっぱい細工した挿絵のある書物、読書後にページを食べることができる蓮味の書物、ハンモックのように広げたり、風の強い日に空の上まで飛ぶホバークラフトのように使うことのできるシルクの書物、海岸の糸杉の下にある大理石のテラスで夜に繰り広げられる陶酔的でエロティックな物語を収録した書物の山を。ページに大麻が沁みているこの書物を読んでいると、しばらくして、生々しい幻想的なヴィジョンのなかに読者自身も入り込み、暖かい夜の海で美女たちと水浴びを満喫することすらできるというのに。けれども、頭の固い利用者は運ばれてきた本を見ようともせず、車のメンテナンスか、ピクルスの作り方の本かなにか知らないが、自分が必要としているのは別の本だとして頑《がん》として譲らない。注文したその本が欲しいという自分の主張を翻《ひるがえ》すことはない。なにがあろうとも依頼人に仕えるのが図書館員の義務だと思っているんだよ。そうこうしているあいだに、哀れな図書館員の美人の娘が電話で呼び出され、シェヘラザードよろしく、夜の物語をそのひとに読み聞かせようとするが、相手はこう言い放つ。『いいですか、お嬢さん、私はあなたのお話なんか聞きたくないんです。車のメンテナンス（あるいは、ピクルスの作り方）の本が欲しいだけなんです』——図書館員は娘を抱きしめると、図書館の奥へと足を進めていく。誰もが微動だにせず、かれのことを見つめている。廊下のかどで曲がろうとして手を振ったが最後、かれは書棚の陰に姿を消してしまい、もう誰もそのひとを目にする者はいなくなってしまうんだ。利用者は自分の本を待ちつづけるが、徒労に終わる。良心の呵責に襲われ、一時間ごとにあのひとは戻ってきたかと訊ねるようになる。しまいには、本を受け取る場所に一日中居坐るようになり、朝の五時にはクレメンティヌムの鍵のかかった玄関前に立ち、間延びした暗い歌を歌う始末だ。図書館の奥深くで年に何人もの図書館員が失踪してしまうので、司書課程は新しい卒業生を送っても送っても足らない状況なんだよ。ついには、書棚のあいだで行方不明になった図書館員を追悼する記念碑が建てられてね。疲れ切って本の山に倒れて命を落とした、作業着姿の図書館員の銅像だ。義務感を失うことなく、最後の力を振り絞って、『言語の論理的分析による形而上学の克服』の注文依頼書を手に握りしめている像だよ。その後、図書館員たちがどうなったかはわからん。書棚が続く無限の廊下をさまよっているのか、腹を空かせ喉を渇かせて死んでいるのか、あるいは図書館の奥地で見張っている動物に噛み殺されたのか。それとも、あそこには野性の部族がいて、図書館員は捕まって食べられてしまったのかもしれん。図書館の奥からはタムタムを叩く音が時々聞こえてくる。廊下の行き止まりや本を取り出してできた隙間に、顔に野性のペイントがほどこされたひとを見たという図書館員もいる。けれども、その野性のひとたちもまた、帰り道を探り当てることができなかった図書館員の野性化した子孫なのかもしれん。それでもなお、あなたは図書館の奥に連れていくよう頼むのかい?」

「もしかしたら、私も野性化して、太鼓の音に合わせて本のあいだで踊るようになるかもしれません。もしかしたら、廊下の行き止まりで私の顔が現れ、図書館員の女性たちを驚かすことになるかもしれません。でも、戻るには手遅れなんです。先に進まなければならないんです。私は、もうひとつの街の境界のすぐ近くにいたのですが、そこから流れてくるものは、私たちのすべての振る舞いが撚り糸に織り込まれた習慣という網目に残っていた最後のものまで蝕んでいます。この支えがなければ、もっとも単純な動作でさえも、何十もの部分からなる操作に分解され、その操作はすべて無という基礎からつくる羽目になり、さらに相互に調和させ、そこから生じると想定される何千もの関係を考え出さなければならないんです。レストランでのランチや買物を手がかりにして、ヘラクレスの仕事を想起させるような事態が生じるのです。私は、もうひとつの街に向かわなければならないのです。もはや古い規律を手直しすることはできません。規律は穴だらけで、その穴は、別の起源を想わせる潮流のリズムが光を放っています。あらゆることがそれを証明しています。これらの潮流の起源はもうひとつの街にあり、その中心でこそ私たちの規律が始まる源泉にたどりつくことができ、そこに達することで私たちの規律を一新することができるのです。ほかに選択肢はありません。私は、図書館に行かなければならないのです。どういう化け物に出会うか想像もつきません、ですが、私の街の生活と比べてもきっとひどいものじゃないですよ。それから、旅を始めるにあたっての準備は整っています」私は、リュックサックを開けて食糧を見せ、懐中電灯を取り出し、鉈《なた》を頭上で振ってみせた。

図書館員はため息をついた。「わかったよ。レストランでランチをとる気がないなら、図書館の奥に連れていってあげよう。だが、私が付き添うのは危険ゾーンの境界までだ。その先はひとりで進むんだ。もし、あなたが戻ってこなかったとしても、捜索に出る者はいないからね」

私たちは、無限に並ぶ書棚の列を歩み、まだまっすぐになっていて明かりが点いている道を、丁寧に並べられた本の背に並行して歩いていった。だが、図書館の奥のほうに差し掛かると、本は倒れはじめ、千切られたページが散乱しているようになった。同時に、電球も徐々に暗くなっていった。しばらくのあいだ、闇のなかを手探りで進むことになった。いくつかの道に分岐している箇所に私たちはたどりつき、十字路では弱い電球が点いていた。図書館の奥深くに続く未知の入口は暗く、古書の重々しいにおいがすでにただよっていた。私の案内人は立ち止まった。「さあ、ここがジャングルの始まりだ」真剣な面持ちで言うと、書棚のあいだにある狭い小路の暗い入口を指差した。「ここでお別れだ。幸運を祈ってるよ。気をつけて」私と握手すると、図書館員はすぐにその場を去っていった。

私は一本の細い道に入っていった。闇のなかをしばらく歩いていくと、朽ちた書籍がところどころで弱々しい光を放っていた。懐中電灯を点け、書棚のあちらこちらに光をあててみると、書物のページは湿気で波打ち、くるくるとめくれて膨張したり、擦り切れたり水分を吸収してぱーんと張っていたり、内側から綴じを押し出したり引き千切ったりして、穴があいたりしていた。製本がはずれ、なかからページが出て疲れ切った舌のようにぶら下がったり、床に落ちたりしていた。床ではほかの本のページと混ざって朽ちたりしていて、なにかが滲み出て淡い光と悪臭を放つ堆肥の大きな層を作っていたが、腰ほどの高さがあるその場所をどうにか通り抜けなければならなかった。木製の書棚には本が置いてあったが、息苦しい湿気で亀裂が入ったり、ねじ曲がったりしていた。朽ちた書籍の内部、ページとページの暗い隙間には、植物の種が置かれていたのか、湿気のある闇のなか、芽が底から出て、紙のなかに根を生やしたり、本の端に枝を出したりしていた。生気にあふれた先端が本から飛び出し、書棚に沿って複雑な帯のように絡みあった蔓と化していることもあった。また別のところでは、分枝となって棚を這い、ほかの書籍のなかに無理やり入り込み、閉じられたページで圧迫されたかと思うと本のまんなかから外に出て根っこを生やしていた。本の内部から成長しているいくつかの茎《くき》には、重そうな、風味のなさそうな果実がたわわに実っていた。悪臭のただようむっとするような最果ての地でとてつもない吐き気をおぼえたが、それは、自然が爆発し、人間の精神という産物を呑み込んでしまう、ほかに例を見ない災難が偶発的に進行しているのではないかという意識によるものではなかった。不安を感じたのは、むしろ、夢を通して、本が危険で無関心な植生へと変容していくなか、それぞれの本の内部で、人間が作り出したそれぞれの文字のなかで、破壊をもたらす病がひっそりと進行しているという事実を露見させていたことだった。どこかで読んだことがあるが、本は別の本のことを扱っているにすぎず、文字もまた別の文字のことを伝えており、本は現実とはまったく関係がなく、むしろ、現実そのものが本である、という。というのも本も言語によって構築されているからだ。現実は自分たちの文字の向こう側に消えてしまっているというこの教えは、陰鬱なものであるといえよう。だが、腐食しつつある書棚から導き出された認識は、はるかに暗澹たるものだった。ここで私が目にしたのは、本と文字はむしろ現実に入り込んでいて、本や文字の見知らぬ潮流によって、現実は支配されているということだった。私たちが行なっている指示と伝達は、その謎のリズムを示している存在のなかに埋め込まれ、本来指示しているもの、原初的な存在の暗い輝きは生命を営みながらも私たちの意味を保ちつづけているが、同時にそれらを呑み込み、溶かしていくのではないかとたえず脅かされているのだ。原生林と化した書棚に囲まれて、私は理解した。破けた書物や書店のショーウインドーに置かれた新刊本のなかの文字は染みのひとつでしかなく、芽を出している生命が別の存在の表面を装飾し、理解できない単調な囁きを発しているにすぎないということを。

さまざまな形状が崩壊しつつあるこの湿った世界では多種多様な生物が生きていた。本をめくると、ページのあいだに生息するのっぺりとしたカタツムリに遭遇したが、形状を環境にうまく順応させていたため、カタツムリがそこにいることになかなか気づかなかった。葉っぱだと思っていたものに指で触れた途端、それが身を縮め、闇のなかにのたうちながら進むのを目にしてようやくカタツムリだとわかった。本だと思っていたものが、さっと逃げていったこともある。じつは、それはおたがいに身を寄せ合ってくっついていたカタツムリの群れだったのだ。生物はたえず増殖しているように思われたが、実際のところ、初めのうち識別できなかった生物の擬態を識別する術を、私が習得しただけのことだった。この擬態はときにきわめて精巧で、自然は巨大イモリの身体を通して、最高の成果を提示した。白い肌に浮かぶ黒い染みはアルファベットの文字のようであったため、イモリが本のページ上に横たわっているときなどまったく区別がつかないほどだった。文字は大体の場合意味をなさないまとまりだったが、意味のある言葉や、なんらかの意味を担う文章の断片を構成することもあった。イモリの肌から「卑猥」「青ざめる」「仲裁」といった単語を読み取ることもできた。ある動物の尻尾には「硝子が女王を呪った」とあった。

書棚のこのような活発な生態――書棚の腐敗とねじれ、書籍の膨張、植生の攻撃的なまでの成長、果実の熟成と腐敗、動物の群れ――によって、結果として、騒動が休まることのない書棚は成長を続けて膨張し、書棚に挟まれた廊下は狭まっていた。そのため、私は細い峡谷を通り抜け、生い茂った本のあいだの道を通ろうとして、鉈で周りを切っていくほかなかった。ところどころで、両脇の書棚がひとつになり、内部から成長し開花した本や茎が頑丈な橋となって絡みあい、鉈で一撃を加えてもびくともしないことがあった。そういうときは、生い茂った書棚にできたアーチ状の長く狭いトンネルを這って進まなければならなかった。トンネルのなかで懐中電灯を照らすと、ちょうど私の目のまえの泥のなかから歯をむき出しにした動物が顔をぬっと出し、キーとよく通る声で雄叫びをあげたかと思うと顔に嚙みついてくることがあった。またある動物は、私と同じ方向にトンネルを進んでいて、急いでいたのだろう、我慢しきれずに鼻声やブーブーと音を出しているのが私の背後で聞こえ、早く進め、と言わんばかりに私の踵《かかと》を嚙んできた。しまいにはブーと機嫌悪そうに唸りながら私の頭上を這って追い越し、体重をかけて私を泥のほうに押し出すのだった。

図書館の奥に進めば進むほど、本という肥沃な堆肥のもとで植物が成長し、書籍のページと植物の葉の区別や書棚の木と木の幹の区別がつかなくなり、ジャングルのなかですべてが一体化し、耐えがたい暑さ、湿気、悪臭のなかで繁茂するものと腐敗していくものがひとつになっていた。そして、私は悠々と流れる濁った川の岸にたどりついた。その川はプラハのヴルタヴァ川ほどの幅があった。私は平底の舟をつくることを思いついた。ぬかるみにあった何本かの幹に蔓を巻きつけ、櫂《かい》として使えそうな棚板を見つけた。水の上に舟を浮かべて、川の中央までたどりつくと、あとは緩やかな流れに任せ、懐中電灯で両岸を交互に照らし出した。だが、そこに見えたのは、水面に枝を垂れ、小さく波立たせている書棚の茂みばかりだった。鳥の鳴き声や鋭い歯に噛みつかれた動物の叫びが時折響いた。両岸の茂みからは、暗闇のなにもないところで屹立している高い柱の列が姿を見せはじめた。柱は細かい装飾が施された頂上まで枝で覆われていたが、頂上にはなにも置かれてはいなかった。さらに、床が陥没した建物や近づくことができない茂みで埋まっている建物の外壁が現れるようになった。川の流れに乗って、もうひとつの街の住民でさえ住もうとしない、荒涼とした地帯に連れてこられたのだろうか、それとも、私が探している街よりもはるかに古い歴史を有する、すでに消失した帝都の廃墟にいるのだろうか？　暗い窓から枝が外に突き出ている宮殿の長いファサードのあいだを舟は進み、花崗岩の板の隙間に雑草が生えている広大な広場を通過した。広場には、さびた土台に草が生えている、どっしりとした騎士像、それから鉄製の噴水もあった。初めのうち、噴水から濁った水でも流れているのかと思っていたが、それは、噴水の大皿から、周囲まで延びた生い茂った分枝のヴェールにすぎなかった。最後に、崩壊しつつある壁は茂みのほうまで瓦解して、孤立した柱を強調し、それから先は際限なく続く茂みが岸を覆っていた。

遠くから響く音が徐々に強さを増し、川の流れが速くなりはじめた。闇にひそむ強力な滝に自分が引き寄せられているのを察した。私は懸命に棚板で水を掻き、舟を岸辺に近づけようとした。落下する水の音は怖ろしい轟音に変わりつつあった。そこで、流れに乗って川の中央まで舟を運ぶと、どうにかして水面に垂れていた根っこにつかまり、それを伝って岸に渡ることにした。身の回りの物をのせた舟は水に呑み込まれてしまい、懐中電灯すらも失い、ジャングル奥地の完全な暗闇のなか、私はなす術もなく立ちつくした。

生い茂った急な斜面を手探りでどうにか下り、闇の深みに流れ落ちる水の轟音がすぐ近くで響くなか、茂みを通り抜けていった。下におりると足元に砂があるのを感じ、狭い道はジャングルの茂みと水面を分けていた。急に疲れをどっと感じて湿った砂浜にぐったり横になった。頭上では、目にすることのできない滝が轟音をあげていた。しばらくして私は眠りに落ちた。

目を覚ましてまぶたを開けてみると、驚きのあまり、私は思わず声を張り上げてしまった。対岸のジャングルは火に包まれていて、眩いばかりの炎が燃えさかり、轟音を立てて落下している水の壁を紅い光が照らし出していた。水の壁は十階ほどの高さがあり、夜に浮かぶ幻のオルガンのパイプのようだった。私はしばらく沿岸に立ちつくし、落下する紅い水を眺めた。

第21章　崖の寺院

　砂浜の細い道をたよりに先を進んでいくと、左手の黒い水面には炎の赤い反射光が照り返し、右手ではうっとりとする匂いを放つ、うっそうと茂ったジャングルが身体に触れていた。すると、茂みのなかから突然、岸壁が現れた。岸壁の上部は対岸の赤い炎を浴びていたが、その崖にはダルグースの巨大な顔が刻まれていた。それはヌスレの階段で見たものとまったく同じで、目は怒り、顔は痩せこけて歪んでいた。石の顔は、崖を流れる水で刻まれていて、口と目の窪みには苔が生えていた。砂浜に近い、崖のふもとには亀裂が走り、崩れかかった石段が続いていた。階段の脇には鉄製の曲がった手摺りがあった。私は階段を上がって、洞窟のなかに入ることにした。

　洞窟のなかは広々としていて、壁には松明《たいまつ》が灯り、いにしえのフレスコ画を照らし出していた。夜の公園で鉄の物体が戦闘している様子を描いた絵で、公園の暗い木々の背後では路面電車のライトがあたりを照らしていた。洞窟の天井は闇のなかに消えていた。壁の窪みには、工場の更衣室で見かけるようなブリキの細いロッカーで作られた祭壇があり、ハンガーには聖物が吊るされていた。ロッカーの祭壇のまえには、質素な服に身をつつんだ、痩せさらばえた老人が足を組んで坐っていた。服は本のページをぞんざいに組み合わせて縫ったものだった。老人は、祈りの言葉か、おまじないのようなものをぶつぶつ唱えていた。私は聖なる行為を邪魔するようなことはせず、ばつの悪い思いをしながら、老人が神との対話を終えるのを待った。朗唱を終えると、老人は苦行者のようなしわだらけの顔を私のほうに向けた。「魔法のお守りを求めてやってきたのかね、それとも、未来を占ってほしいのかね？」

ジャングルの向こう側の街からやってきたのだが、道に迷ってしまったのだ、と私は告げた。「若いころにいちどだけ、おまえさんの街にいったことがある」崖の寺院の番人は言った。「もう、だいぶまえのことじゃ。だが、いったいおまえさんは、どうして、危険な旅に出たのじゃ？　本のページのあいだに生えている真珠を探したり、皮が黄金のように扱われる希有なる毛むくじゃらのワニを捕獲する目的で、ジャングルの奥地に足を踏み入れるような輩ではないようだな。そういう奴らは皆、ジャングルにおとぎ話のような宝物を発見できるのではと夢を見ているのだが、原生林の天使が自分にべったりと寄り添い、背後を追いかけ、単調な声で卑猥で夢想的な叙事詩を朗誦しているのを知ると発狂し出すのだ。もしくは、成長し続ける植物に打ち負かされてしまう。寄り掛かった本が自分の身体のなかに入り込み、装丁が自分の皮膚と一緒になったり、毛が逆立つ身体と一体になったページを風がたえずめくっていくからだ」

苦行者は信頼できそうな人物だったので、私は古本屋の棚で見つけた謎の本やもうひとつの街を探していることを話してみた。老人は、私の話に真剣に耳を傾けてくれ、私が話し終えると、近づくよう指で合図を出し、前屈みになるようにとうなずいてみせた。骨ばった手を私の肩に置き、自分のほうに引き寄せると、私の耳にそっと囁いた。「おまえの旅は無駄足じゃった。おまえが冒した危険はなんの役にも立っておらん。教えてあげよう……いや、ここではなく、外に出てからじゃ」

苦行者の囁きに、私はなにか不穏なものを聴き取った。ジャングルの洞窟のなかで、いったい誰の耳を気にかけているのだろう？　ブリキの祭壇前で神が耳をそばだてていると思ったのか、あるいは、崖に盗聴器が仕込まれているのか？　苦行者は私の手を取り、洞窟の外へと誘導した。私たちは崖に寄り掛かりながら、砂浜に腰を下ろした。目のまえの対岸では炎の赤い筋が燃え上がっていて、その炎は暗い水面に反射していた。

「おまえさんの街と境界を接しているもうひとつの街を知りたい、その中心にたどりつきたいと思っているようじゃな。おまえさんの街の隠れた中心は、もうひとつの街の中心にあるのではないか、と。ようするに、もうひとつの街の法則を理解さえすれば、零落《れいらく》した規律を一新できると考えているのじゃな……だが、おまえさんが探しているものは、けっして見つかることはないぞ」

寺院の番人はここでは大きな声で話し、声は洞窟のなかにいたときよりも落ち着いていた。「ということは、私が選択した方向が間違っているということですか？」私は訊いた。「ジャングルのなかでは方角を知るのがとてもむずかしく、私は疲弊し切ってるんです」

「いや、このジャングルは、おまえさんが探している街の登記簿に属している。旅を続けていけば、木々の梢に、王宮にある塔の黄金の先端を目にするはずじゃ。だがな、もうひとつの街にも、ほかの空間へと移行する周縁部がある。いつの日か中央広場にある王宮にたどりつき、王宮の廊下を歩くかもしれん、もしくは、王宮図書館で法律文書を手にしているかもしれん。だが、そんなことをしても、おまえにはなんの役にも立たん、ここで起源など見つけることはできんのじゃ、法律は、隣人から隣人へと書き写されているだけだ……。おや、葦《あし》からなにかぶくぶくと言っているのが聞こえんかったか？」突然、崖の寺院の内部にいたとき同様の不安が番人の声に宿った。

「なにかの魚でしょう。仰るような教えには、すでに遭遇しています。ある詩を聞く機会があったのですが、そのとき、作者はこう言っていました。私たちが探している謎の中心は、現実にはほかの中心の周縁であり、その中心もまた周縁でしかないと。最終的な中心は遠く離れた場所にあり、そこにたどりつく希望すら抱くことはできないと」

「そんなことを語ったのは、誰じゃ？」驚いた様子で隠者は訊ねた。

「朗誦鳥のフェリックスが、寒さで凍えるような夜に披露してくれたのです。そのあと、梁から落ちてしまいましたが」

「なるほど、フェリックスか。フェリックスが語っていたのか。いや、朗誦鳥が語っていたことは、現実にはまったく別の教えのことだ。中心は遠くにあって、複雑に構成されているということではない。伝言ゲームをしているあいだに言葉が変わっていくように、起源となる法則は、修正が加えられないほど、無数の翻訳の翻訳によって構成されているということでもない。そして、神の顔は千のマスクの背後に隠れているというわけでもないのだ。奇妙な謎はどういうことかというと、最終的な中心など存在せず、マスクの背後にいかなる顔も隠れてはおらず、伝言ゲームの初めの言葉もなければ、翻訳されるテクストのオリジナルも存在しないということなのじゃ。そう、次々と変化を生み出す、回転し続ける変化というロープでしかない。先住民の街などなく、街という街が無限に連なる鎖でしかなく、変わりつづける法の波が容赦なく流れていく、終わりも、始まりもない円のようなものだ。それはジャングルの街であり、無数の立体交差や低路交差で交差している高架橋の柱にひとびとが住みついている街であり、単なる音からなる街であり、ぬかるみの街であり、コンクリート上でゆっくりと回転する滑らかな白いボールの街であり、さまざまな大陸にある住居からなる街であり、暗い雲からたえず彫像が落下しては路面で粉々に砕ける街であり、月の軌道が住居のなかを通っている街なのじゃ。すべての街はそれぞれがたがいに中心であると同時に周縁であり、起源であると同時に終わりであり、母なる街であると同時に植民地なのじゃ」

「妙な考えですね」私は答えた。「それが絶望につながるものなのか、奇妙な幸せにつながるものなのか、判断できないじゃないですか」

「幸せと絶望という表現は、起源と終わり、中心と周縁が存在する世界でのみ、意味を持つ言葉じゃ。回転する波に身をゆだねるなら、それらがなにを意味するか忘れてしまい、あらゆるものがなんらかの意味を失ったのか、あらゆるものが最後の原子にいたるまで意味に満ちあふれているのか、語ることはできなくなってしまう。じゃが、おまえの目のまえに、崩れ落ちた時間の迷宮が開けるはずだ、廊下には規則的な間隔を置いて煉瓦の壁が並び、追跡者の追跡という電子ゲームの機械が闇のなかで光を放っている。だがな、自分が狂ったのか、それまでの人生のあいだわからずにいた宇宙の謎を理解したのか、おまえさんにはわからんだろう」

対岸では、燃えていた大木が、静かに、そして不思議なほどゆっくりと倒れ、暖かい風がヒューと唸って、黒い水面を揺らし、赤い光の染みがゆらゆらと揺れていた。寺院の番人は水面での光の戯《たわむ》れを眺めながら、疲れた声で言った。「どこかに行く必要などない、すべての土地は起源であり、終わりなのじゃ。あらゆる街は、狂気の夢と退屈な現実を同程度に混ぜ合わせた走馬灯のような幻想でしかない。おまえが暮らしている街は、孔雀石の平野にある大理石の虎の街と同様に夢であって、幻想でしかない。平野の端で、赤い太陽が地平線上に姿を見せると、数滴のしずくが宝石のようにきらりときらめく。そのとき、おまえは自分の夢に舞い戻るのだ。夢に見た神を生贄にするのだ。奇妙な技術だらけの夢や、信じられないほどにうっとりとするバレエのなかで回転し、震えている夢の機械を使うがいい。この私もまた、ダルグースの聖地にいる司祭なのじゃ。このわしが、高い鉄柵の向こう側の土地に暮らしておったら、至高の神が多くの対照的な軸をもつ、美しい多角形の幾何学的形態の土地に暮らしておったら、神を崇拝し、その形を結晶に刻んだにちがいない。さあ、家に帰るのじゃ……。いや、帰る必要はない、街から街へと渡り歩くがよい、街という鎖をたどっていくのだ。所詮、同じことだ……」

そのとき、私にも、岸辺の葦の近くでぶくぶくと音がするのが聞こえた。水面には、鉄の細長いものが姿を見せ、かすかに震えたかと思うと、すぐにまた姿を消した。その後、暗いゴムのフードをかぶった頭が現れ、顔は、潜水眼鏡と口元から二つに分かれたホースで覆われていた。水中から出てきたのは、黒いつなぎを着た人物で、背中に酸素ボンベを担ぎ、手には細長い剣を持っていて、剣の刃先は火事の炎できらりと光った。ぴったりとしたゴムスーツのラインから浮かび上がったのは、女性の身体のシルエットだった。ダイバーは潜水眼鏡や口のホースを外し、頭のフードを取ると、黒い髪をまえにばさっと投げ出した。姿を見せたのは、アルヴェイラだった。屹立しているアルヴェイラの表情は、怒りと憎悪に満ちあふれていた。燃え立つジャングルが黒いシルエットの背景となり、波打つ髪の周囲は、紅いオーラできらめいていた。アルヴェイラはゴム製のフィンをつけたまま、さっと素早く二歩まえに進み、寺院の番人の喉元に剣を当てると、鋭い剣先を使って、男の頭を崖に押し付けた。

「ついに捕まえたぞ」アルヴェイラは、番人に向かって囁いた。「おまえが述べた冒瀆の言葉やダルグースへの侮辱はテープに録音済みだ。おまえが千の街のセクトを継承しているのではないかと、我々は長いあいだ疑ってきたが、蛇のようにぬらりくらりとして、狡猾で、ぬるっとした尻尾をなかなかつかむことができずにいた。おまえの毒がふたたび広がってしまったのは我々の責任だ。我々の監視能力は、ここ数世紀で弱体化してしまったからな。千年前、黄金のねじがおまえらの悪しき予言者の身体を貫通したことで、退廃したおまえらの教えはてっきり消滅したと思っていた……だが、最近になってようやく、踏まれたはずの蛇がまた頭を持ち上げていることに気づき、おまえらの気色悪い乱痴気騒《らんちきさわ》ぎの痕跡を、とある住宅の中庭で発見したのだ。アカフサスグリのジャムが塗られたミシンの燃《も》え滓《かす》を……」

アルヴェイラは剣を下ろし、寺院の番人の手首にきらりと輝く手錠をかけると、手錠の片側を手摺りに引っかけた。すると、私のほうに向きなおった。「おまえも、自分の街に帰ることは許されない、あまりにも多くのことを知ってしまったからだ」アルヴェイラが煌々と紅く輝く剣を頭上に持ち上げたので、私は、その場を離れようと、細い岸辺の道を走って逃げた。岸壁が引っ込んでいる場所があったので、ジャングルの茂みに走り込み、闇のなかに身を隠した。背後から、猛《たけ》り狂ったアルヴェイラが、剣で枝や分枝を引き裂きながら、道を切り開いているのが聞こえてきた。剣が、私の背中に近づきつつあるのを感じたその瞬間、目のまえに石壁が出現した。そこを曲がり、壁沿いに茂みを這っていくと、数メートルほどで、小さなドアに触れることができた。さびついたドアノブを回し、なかに入ろうとした。素早い剣の刃先が、背後から私めがけて飛んできたが、どうにかドアをばんと閉めることができた。

そこは、窓はないものの、明るい空間だった。向かいには、白いナイロンの上着を着た白髪の婦人が椅子に坐って、婦人雑誌『ヴラスタ』を読んでいた。テーブルには、きれいに折り畳まれたトイレットペーパーが並んでいた。カフェ・スラヴィアの地下トイレだった。私は、婦人のまえの小皿に一コルナ置いてから階段を上がった。

巨大な窓硝子の向こう側は暗闇だった。カフェはひとであふれ、大理石の小さいテーブルの上方ではシャンデリアが煌々と輝き、その光は窓や鏡の硝子に反射していた。急いで出口に向かおうとしたが、境界のこちら側にいるというのに、アルヴェイラから逃げるなんてばかげたことだ、と思った。いま、自分がいるのは彼女が力を持つことのない世界だというのに。それよりも、ジャングルを彷徨したせいで、すっかり疲れてしまい、なにか飲みたい気分になった。私は、ピアノ脇の誰もいない座席に坐り、ウェイトレスにコニャックを注文した。地下トイレに連なる階段を眺めながら、ゴム製のフィンがぺたぺたと音を出しながら、階段を上ってこないかと待ちかまえた。煌々と輝くカフェに、黒い潜水服姿のアルヴェイラが登場してくるのかどうか、私は興味津々だった。細い剣を振り回し、深みのある冷たい鏡に反射光のきらめきを放ってくれるのではないか、と。だが、誰も階段に姿を見せなかった。アルヴェイラはふたつの街のあいだにある境界線を尊重したのだ。この場所と暗い原生林や動物たちのあいだを分けているのは、薄い壁一枚、トイレのドア一枚でしかなかった。けれども、きちんとした教育を受けた彼女は、ジャングル内で始まった争いをカフェという場に移すのはふさわしくないことを心得ていたのだ。

第22章　出発

私が疲れていたのはジャングルを探検したことだけがその理由ではなかった。もうひとつの街への侵入を試み、もうひとつの街の隠れた広場や宮殿、力の源にたどりつこうとして、ありとあらゆることを試みて疲れ切ってしまったのだ。境界にいるという自分の存在それ自体に疲れをおぼえていた。意味という樹液が干涸び、動作が徐々に理解不能の儀式となっていく故郷と、規律がつねに疎遠になっていく異国の地のあいだに位置する境界にいるという事実に疲れていたのだった。もうひとつの街の住民たちの言葉や身ぶり、動物たちの叫び、彫像の硬直したポーズを目にしてきたが、それらはヒエログリフのようなもので、単一の意味が眩いばかりに放出され、ときとしてほとんど痛々しいほどの形状をなしていた。だが、私がその意味を手にしようとすると、すっと消えてしまった。不思議なことに、私はふたつの帝国の狭間を生きていた。一方で意味の炎が燃え尽きると、もう一方では火を点けることすら不可能となった。私が手に入れたもうひとつの街にまつわる証言はきわめて錯綜していた。アルヴエイラ、店主、鳥の飼い主、フェリックス、寺院の番人が、もうひとつの街や法について語ってくれたことは相互に矛盾し、おたがいに反駁し合っていた——けれども、かれらの説明はいずれも、なんらかの形で効力を有していた。

もはや、どこかに出かけたいという気は失せていた。私は自宅で坐り、論理学のぶあつい本を読むことにした。書物のページには、午前の太陽の明るい光や雪の反射光で精錬された光が差していた。ふと、私の視線は、雑種となりつつある奇妙な言葉の上に止まった。半分はラテン文字だったが、残りの半分の文字には人魚の尾のようなものがついていた。もうひとつの街の文字だった。残業が終わったあとの活字ケースの底に、なんらかの活字が残っていたのか、日中働いていた植字工が誤って置いていったのだろうか？　未知の文字は、壁の向こう側の奥深い空間にひそむ司令部から、もうひとつの街のスパイに送られた謎のメッセージなのだろうか。私の頭をよぎったのは、まったく別のことだった。私が手に取って読もうとした本は、カルロヴァ通りの古本屋で入手した本が置いてある書棚の中央からとても離れた場所に置かれていた。菫色のビロードの装丁がなされた本の近くにあった冊子を取り出し、ぱらぱらとページをめくってみた。私が危惧した通り、そのページにはもうひとつの街の文字が刻まれており、単語や文の断章ほとんどすべてがそうなっていた。冊子を開いたその瞬間、平らな石をどかすと、その下に虫が蠢いているのを眺めているような錯覚にとらわれた。ページのほとんどが境界の向こう側の黒い太字で覆われていて、ラテン文字は孤島のようにほんのわずかしか残っていなかった。私は吐き気をおぼえ、すぐに本を閉じた。そして、いま自分がどこにいるのかを理解した。未知の文字は書棚に広がり、壊疽のように浸蝕していた。私は感染源である菫色の本を即座に抜き出すと、部屋を歩きながら、どこにしまったらよいか思案した。理解できない文字のせいで書棚は腐敗しつつあるが、はたして修復できるだろうか？

しばらくして私は立ち止まると、自分の感じた不安を一笑に付し、本を書棚に戻した。丸く尖った文字は増殖し、暗い片隅からやってきた虎たちは絨毯の上を駆けずり回ればいい、存在が否定された海の波は、部屋の片隅から明るい部屋に流れ込めばいいじゃないか。まったく、私は、いまさらなにを恐れているのだろう？　ふと、私は理解した。もうひとつの街が、私を受け入れなかった理由を。波打つシーツの上から飛来するヘリコプターのマシンガンも、吹雪のなかのサメも、アルヴェイラの落ち着きなく揺れる剣先も、真の障害となりえなかった理由を。もうひとつの街が門を開くのは、本当に立ち去ろうとする者に対してであり、そのような者が選択する道はすべて、光り輝く宮殿や暗い庭園に通じていることに、私はふと気づいたのだった。そう、私は、本当の意味で立ち去ってはいなかったのだ。すべてを置き去りにし、笑みを浮かべながら、手ぶらで闇のなかに足を踏み入れ、帰ることなど考えないひとだけが本当に立ち去っているのだ。出発時に帰還を考える者は故郷を離れたことにはならない。たとえ、ジャングル奥地の空白の地にいて、広場の大理石の上で休んでいたとしてもだ。道は、目的という織物のなかに編み込まれたままになっていて、それが故郷の空間を形作り、異国の地の輝く境界はそこから後退していくだけなのだ。私がこれまで生きてきたのは周縁でしかなく、私が慣れ親しんでいたのは、意味に充溢し、形状こそが唯一重要だと思われてきた世界ではなく、むしろ古い壁の染みや裂け目の世界だった。そこで繰り広げられるゲームの意味や、選ばなければならなかった役割を理解したことはいちどもなかった。時折、なんらかの役割を引き受け、演じようと試みてはみたものの、まえもって指定されたパートを機械的に演じるばかりだった。しかも嫌悪感や苦々しさ、恥じらいの感情をおぼえながら。恥じらいの感情は、不十分だった私のパフォーマンスを、のちに完全に麻痺させることとなった。そのため、私は沈黙を決意し、舞台の袖に隠れることにした——にもかかわらず、この瞬間にいたるまで、ゲームの台本を捨てることを恐れ、暗い舞台裏に引っ込まずにいたのだ。私が立ち去ろうとしたのはたしかだ。だが、出発というものを、私が最後に担う役割として、ゲームに奇妙な形で私が関係づけられる役割として理解していたにすぎなかった。

私がいま理解したのは、もうひとつの世界に足を踏み入れることができるのは、旅立ちを決意した旅に意味などまったくないと理解したうえで出発するひとのみであるということ。なぜなら、目的地は、故郷を形作るさまざまな関係からなる織物のなかにあるからだ。けれども、そのような旅に意味がまったくないというわけでもないだろう、というのも、無意味というとき、それは意味を補足するものにすぎず、じつは意味の世界に属しているからだ。このようにして、もうひとつの街にまつわるすべての証言は矛盾しているという意識が生み出した不安は消えてしまった。

夜のショーウインドーと日中の太陽光をひとつにまとめようとした私の試みは、もうひとつの街を、既知の規律のなかに編入させたい、故郷の植民地としたいという欲望でしかなく、そうやって従属させ、破壊したいという欲望の表現でしかないのを理解した。解決不可能な問題は、問題となるのをやめることで解決を見たのだった。いま私は、闇のなか、光を放つ見知らぬ形状のものが転がりながら姿を変えていく様子を眺めている。それは、私たちの世界のフォルムに移しかえることができず、いかなる意味も持ち合わせていない。だが、その内部には、なんらかの正当性——意味の正当性というものより、はるかに強力で覆すことのできない正当性——が秘められているように思えた。至高の権利、つまり、なににも対応しない存在とだけ関係を築く権利であって、そのため、この権利がほかのなにかに脅かされることはなかった。空間のなかで物憂げに波打っていたものは、生々しい現実であると同時に拠り所そのものであり、魅惑的なまでに無関心を装っている暗闇の輝きであった。私が何度も問いを投げかけても、耳にするのは矛盾しあう異なる回答ばかりだった、転がっていく形体をめぐる質問が、この暗い闇と遭遇することはなかった。開かれた空間では、法律と習慣の源泉となっているものと、消失した存在や私たちの世界が廃棄したものの断片を区別することができず、起源の無形性と消失の無形性を区別したり、敵との戦闘と揺らぐことのない深遠な統一体とを区別したり、荒れ狂うカオスと頑強な規律を区別することもできなかった。この空間は故郷の力が及ぶ圏域から解放されていたのだった。そう考えると、私の目のまえにある風景がぱっと広がった。それは、私たちを一生にわたって保護してくれ、敗北や亡命の権利を認めないばかりか、迷子になったり、壁沿いを彷徨する権利や、なんらかの存在がひそむ暗い中庭や片隅の世界で追放者となることを認めないものだった。救済や故郷を執拗に強制するのは、なんとつまらぬことだろう。解き放たれたものから素晴らしい冷たい光をそっと放っている輝かしい異邦の土地を、光り輝く街の上空で夜に感じる孤独の喜びを、ひとのいない道路でゆったりと美しく踊る化け物たちのダンスを、私たちの手から奪い取ることと同じだ。家の内部を螺旋状に回る黄道帯の痛々しい星座のように、暗い部屋の奥にある冷たい鏡の下で、遠くのランプの明かりが小刻みに揺れ、うっとりとするほどに消えていく様子を奪い取ることと。

私は服を着て、階段を下り、街路に出た。よく晴れた、凍えるように寒い朝だった。太陽の光は、通行人の眉、彫像の着衣の襞、そして雪の積もった梁にくっきりとした影を刻んでいた。私が出会ったひとびとの顔や動作は、夢想的かつ祝祭的なまでに無表情だった。影に埋もれていたかと思うと、急に眩しい広場に通じる細い小路を、私は歩いた。暗いアーケードを歩いていると、アーケードの弧のなか、雪が光り輝き、私の疲れた瞳のなかに光が痛々しく入り込んできた。沈黙しているファサードの向こう側の奥のほうで繰り広げられている謎の戦闘、礼拝、舞踏会のことを考えてみた。街路もまた、その一部となっている、アジアの内地への遠い旅路のことを。ヤン・フス像の脇を通り過ぎたときには像の空虚な内部に思いをめぐらし、なにが中にひそんでいるのか考えてみた――ダンススペースのあるワインケラー、機械が静かに唸っている工房、それとも、内部が空っぽになっている彫像の頭に吊るされたカラフルなランプの光が水面を照らしているプールがあるのだろうか？　光がちらちらと揺れる生暖かい水中を、私は、今日もゆったりとしたテンポで泳いでいることだろう。大理石の路面電車によって家族のもとから連れ去られ、空虚な彫像の向こう側に別の世界があることすら忘れてしまった少女たち。私の身体の上を、少女たちの長い髪が通り過ぎていく。試みは失敗に終わり、脱走にすぎなかったじゃないかと誰もが口にするのは承知していた。だが、私が、もうひとつの街に出かけたことで、人目に触れることのなかった敗北が明らかになるわけでもなかった。敗北の痛みは癒えることがなかったものの、不思議なことに、旅という大いなる喜びと融け合い、その一部となった。逃亡を語るのは、暗い片隅や近くの街路からただよってくるアピールを避け、故郷という避難場所へ日々逃げ込むひとのほうなのだ。もちろん、私は、故郷の空間に逃げ込むことを非難しているわけではない。演じられているゲームに、かれらが寄せている信頼には感嘆や尊敬に値するものがあるが、かれらのゲームのなかで私が演じていないからといって、誰かに謝る必要があるとも思わなかった。留まる者もいれば、去る者もいる。私たちの言葉に連れ添ったざわめきや囁きの音楽を一生涯耳に入れない者もいれば、絨毯の模様やクローゼットの魅惑的な内装に呑み込まれてしまう者もいる。家族はクローゼットの開いた扉のまえに坐り、呑み込まれたひとの帰還を何週間も待つが、しばらくすると、そのひとのことなど忘れてしまうだろう。あとどれくらい、この社会は去りゆく者を蔑視するのだろう？　去りゆく者と、留まる者の和解が成立するのは、いつになるのだろうか？　もうひとつの街へ出発することが普通の祝日となるのは、いつのことだろうか？　ゲームを演じることを拒んだり、あるいは、学ぶことができなかった者たちに対する嘲笑がなくなり、貨物駅の巨大な煉瓦の建物のまえで、黄金のマスクをかぶった緑の天使と会う約束を交わした者たちを乱暴にゲームに引きずり込むことがなくなるのはいつのことだろうか？　境界を越えていく者たちがいかに必要な存在であるか、社会はわかっていない。去りゆく者たちは故郷に残す痕跡のことなど考えてはいない、むしろ、留まる者にとって、出発はほかの空間を想起させ、それればかりか、有効な規律が揺らぎ、ひそかに作られて息づいている規律の眠っている力がいつの日か目覚めることがあるかもしれないのを想起させる。去りゆく者がいなければ、故郷の規律は硬直し息絶えてしまうだろう。出発は、対話の中断を意味するものではない。そしてまた、真の対話は、去りゆく者と留まる者とのあいだでのみ成立するのだ。同族同士の対話は、飽きもせずに自分の言葉のエコーに耳を傾けることにほかならない。対話というものは、故郷の内部に生きる者たちと、境界を越えて漂っているもの、つまり、衣擦れの音、怪物の叫びや唸り声、亡命者のオーケストラが数日間かけて演奏する楽曲が混じり合う喧騒、との偉大なる対話から栄養を得ているのだ。内側で生きている者は、周縁の声を、いかなる関心も注ぐ必要のない単なる言葉の無意味な随伴物としてしか見なさないが、この静かなトーンと遠くから響く叫び声はひそかに作用しあい、閉鎖しようとする形態を腐食させ、記憶の底で熟れ、実を育むのだ。

　私はマーネス橋を渡り、雪の積もったテラスガーデン沿いに歩いていった。もはや戻ることは頭になかった。だが、戻ることなど絶対にないと断言もできなかった。予定という網から、未来を解き放ったのだ。私たちの召使である世界では光は消えていたが、未来はここで光とともに輝いていた。待ちかまえるのはなにか、まったく想像がつかなかった。もうひとつの街に滞在することは、故郷のゲームを無限に否定するものなのか、あるいは、否定という炎のなかでゲームを更新したり純化することになるのかもわからなかった。そもそも、私は、そういったことに関心を失っていた。ただ、旅の力に身をゆだねることにした。旅が、壁の向こう側で留まりつづけるよう私に指示するのか、あるいは、ドラゴンの切り取られた舌だらけの鞄を持参して帰還を促すのかもわからなかった。未来と呼んでいたものは、もはや存在していなかった。それは、区切ることのできない純粋な時間の炎でしかなかった。そこにあるものの輝きでしかなく、過去の出来事や形が熟成されていく液や、そっと近づいてくる怪物の不審な悪臭が小刻みに震えながら発する輝きでしかなかった。宮殿の後翼沿いに延びる険しい道を登ろうとしたが、急ぐことはなかった。次の曲がり角でどちらに足を踏み出すのか、私自身わからなかった。もうひとつの街でどういう職に就くことになるのか、思いをめぐらしてみた——本のジャングルの黄金掘りか、リベンの集合住宅の屋根裏部屋にある修道僧か、それとも、暗い内海でぷかぷかと船を浮かべ、獲物を手に入れたあと部屋のランプが遠くで灯されるのを眺める釣り人になるのだろうか？もうひとつの街で休暇を過ごしたあと、こちらに戻ってきて、滞在記でも書けるかもしれないと浅はかなことも想像した。ならば、出会いと境界をめぐる本をここに残すことにしよう。次回作は、もうひとつの街の文字で執筆し、洋服棚のコートの陰にひそむ印刷所で、夜に印刷されるにちがいない。そのうちの何冊かは、古本屋の棚に置いてもらえるかもしれない。もしかしたら、私のような人間が吹雪を避け、雨宿りをしようとして店に入り、書棚の奥から女性の細やかな手がすっと伸びてきて、書棚の隙間を広げるのを見て、驚愕するかもしれない。驚いた訪問者はその本を取り出してページをめくり、見知らぬ文字で一面を埋められたページを目にするだろう。それから、屈んで書棚にぽっかりとできた暗い隙間を眺め、石の廊下の匂いを感じるだろう。

私は、誰もいないフラッチャヌィ広場を横切り、マルティニッツ宮殿の近くで新世界通りのほうに曲がり、片側が石壁になっているために壁の奥にある庭園を目にすることのできない通りを歩いていた。古い煉瓦の要塞に沿って、いまにも崩れ落ちそうな階段を歩いた。線路がきらりと光るのが見え、その先では雪の積もった公園が太陽光を浴びて輝いていた。風で揺れていた木々の影が、雪の上でゆらゆらと揺れていた。ベンチの座席に積もった雪を払い、そこに腰かけ、枝の影がきらきらときらめく雪の上で戯れる様子を眺めてみた。火薬橋のほうから路面電車がゆっくりと近づいてきた。接近してくる路面電車の車体が緑色であるのに、私は気がついた。公園のまえで路面電車はそっと停車し、すべてのドアが開け放たれた。私は立ち上がって、誰も踏んでいない雪を踏みしめながら、路面電車のほうに歩き出した。

訳者あとがき

本書は、チェコの作家ミハル・アイヴァスの代表作『もうひとつの街』の全訳である。著者アイヴァスは、チェコ国内の文学賞を多数受賞しているほか、小説『黄金時代』の英訳がAmazon.comのSF・ファンタジー部門（二〇一〇）で一位を獲得するなど、ホルヘ・ルイス・ボルヘス、イタロ・カルヴィーノの系譜を継ぐ作家として、世界的に注目されている作家だ。

一九九三年に初版が発表された本書『もうひとつの街』は、数多くの作品を世に出しているアイヴァスの作品のなかでも代表作として位置づけられている。物語は、雪が降りしきるなか、語り手の「私」が、プラハの古書店で菫色《すみれいろ》の装丁がほどこされた一冊の本と出逢うことで始まる。この世のものでない文字で綴られた書物をたよりに、

「私」は「もうひとつの街」への接近を試み、硝子の像が並ぶ地下礼拝堂の儀式、閘《こう》門《もん》の地下に広がる摩天楼、そしてジャングルと化す図書館など、幻想的で奇異な光景をプラハの街中で次々に目の当たりにしていく。さらに、給仕（司祭長）の娘アルヴェイラ、マイズル通りの店主、朗誦鳥《ろうしょうちょう》の飼い主、寺院の番人といった、さまざまな人びととの対話を通して、「もうひとつの街」の手がかりを得ようとするのだが……。

タイトルが示す通り、本書は「異界」や「並行世界」を題材にしている。だが、巷《ちまた》によく見られる同種のファンタジー小説とは一線を画している。シュルレアリスム的なイメージの連鎖、推理小説のような目まぐるしい展開、そして思弁的な想像力をうまく組み合わせた本書は、私たちのありとあらゆる感覚に揺さぶりをかける書物となっているからだ。作家に導かれるままにページをめくり、最後まで読み進めた読者は、おそらく自問することになるだろう。私たちはいったい何を「見」ているのか、何を「理解」しているのだろうか、と。

さて、このような想像力を駆使した作品の書き手であるミハル・アイヴァスについて紹介しよう。

ミハル・アイヴァスは、一九四九年十月三十日、プラハで生まれた。父は、ロシアからの移民、より正確に言うと、クリミア半島出身のカライム人だった。カライム人とは七世紀から十世紀にかけて栄えたハザール王国の末裔とされる少数民族で、ヘブライ語の影響があるトルコ系の言語を話し、ユダヤ教を信奉していたことでも知られている。ミロラド・パヴィチの著書『ハザール事典』を引き合いに出すまでもなく、ハザール王国に関する史実は乏しく、その実情については謎に包まれ、さまざまな伝説と言説が交錯する空間でもあった。自身の出自に「消失した王国」が関係していることは、アイヴァス自身の世界観にもすくなからず影響を与えているにちがいない。

化学者であると同時に熱心な読書家でもあった父の影響のもと、アイヴァスもまた書物に親しむ環境にあったが、幼少期はむしろ絵画に関心を抱き、家族も、本人も、将来は画家になると思っていたという。文学の想像力に魅せられたのは、高校時代にフランツ・カフカ、ジュリアン・グラック、アンドレ・ピエール・ド・マンディアルグといった作家たちと出会ったことが契機となった。一九六七年に入学したカレル大学哲学部ではチェコ語と美学を専攻し、カフカと同世代のユダヤ系作家リハルト・ヴァイネルについての卒業論文を執筆する。一九七四年に大学を卒業してからは、文学の世界とは距離を置き、プラハ市内の文化会館の用務員、駐車場の警備員、水道局の職を転々としていく。その間、シュルレアリスム的な詩や散文を書き記していたものの、社会主義体制下で作品発表の可能性が限られていたこともあり、公表は考えていなかったという。

　だが、ペレストロイカの足音がプラハでも響くようになった一九八八年、アイヴァスは初めて原稿を出版社に持ち込むことを決意する。翌一九八九年十一月には第一詩集『ホテル・インターコンチネンタルの殺人』が刊行されるが、推理小説のような題名のついた、シュルレアリスム的なイメージが連なる詩文は、まさに新しい文学世界の到来を告げるものだった。同書が書店の店頭に並んだのは、同年十一月九日。プラハでビロード革命が始まったのは、それから数日後のことだった。そう、ミハル・アイヴァスは、体制転換という二〇世紀末の大きな時代のうねりのなか、都市プラハに召喚されるかのごとく、デビューを飾ったのだ。

　その後、短篇集『老いたオオトカゲの帰還』（一九九一）、そして小説『もうひとつの街』（一九九三／二〇〇五）を立て続けに発表する一方、アイヴァスは哲学者としての活動も本格化させ、『記号と存在　デリダのグラマトロジーに関する考察』（一九九四）といった著書も発表していく。一九九四年には、それまで勤務していた水道局の職を辞め、文筆業に専念するようになる。創作活動の傍ら、一九九六年から一九九九年にかけては文芸紙『リテラールニー・ノヴィヌィ』の編集者としてさまざまな書評記事などを執筆したほか、エルンスト・ユンガーの著作の翻訳も手がけている（当時のエッセイや書評の主要なものは『書物の謎』（一九九七）にまとめられている）。九〇年代後半は、「ゼノンのパラドックス」を含む、中篇小説二篇を収録した『トルコ石の鷲』（一九九七）を除くと、小説作品の発表はなかったが、それは、きわめて豊饒なゼロ年代の到来を予告するものでしかなかった。

まずは、異文明との出会いを描いた長篇小説『黄金時代』（二〇〇二）。スウィフトの『ガリヴァー旅行記』の想像力と、レヴィ゠ストロースの『悲しき熱帯』に見られる知性が、ナボコフやボルヘスの文学的技巧を通して表現された異形の大作だ。同書の英訳版がAmazon.comのSF・ファンタジー部門（二〇一〇）で一位を獲得したことで、アイヴァスの名前が欧米の読者にも広く知られる契機ともなった。さらに、『空虚な街路』（二〇〇四）、『南方旅行』（二〇〇八）といういずれも五百ページを超える大長篇小説を続けざまに発表し、ともに推理小説のような構造を取りながらも、アイヴァスらしい思索的な世界観を織り交ぜ、卓越した「語り」を披露してくれる作品に仕上がっている。なお、前者によって、アイヴァスは、ヤロスラフ・サイフェルト賞（二〇〇五）の受賞を果たす（過去の受賞者に、ミラン・クンデラ、ボフミル・フラバルといった錚々たる作家たちの名前が連なる、チェコで最も権威のある文学賞である）。その後も創作活動は停滞することなく、二〇一一年に発表された『リュクサンブールの庭園』は、パリの高校教師ポールがグーグルで検索しようとしてタイプミスをしたことを契機にまったく予想もつかない世界に引き込まれてしまうという、インターメディア的な要素をはらむ小説となっている。

小説の執筆のほかにも、アイヴァスは文芸批評に積極的に取り組んでいて、アンリ・ミショー、ライナー・マリア・リルケ、ヴィトルド・ゴンブローヴィッチ、そしてウィリアム・ギブソンらを論じた『記号と空虚の物語』（二〇〇六）はアイヴァスの文学的な志向が窺える書物となっている。サイバーパンクから哲学小説にいたるさまざまなジャンルに精通するアイヴァスだが、その文学世界を語るうえで避けることのできないふたりの作家がいる。ボルヘスとカルヴィーノだ。ボルヘスの「書」や「図書館」への執着やその幻想的な世界観、またカルヴィーノの「都市」への眼差しや「軽やかさ」といったものに、アイヴァスが多大なる刺激を受けているのは事実だろう。アイヴァス自身も、ボルヘス論『文法化の夢、文字の輝き　ホルヘ・ルイス・ボルヘスとの出会い』（二〇〇三）、そしてイタロ・カルヴィーノの『見えない都市』のパロディ小説『五十五の街』（二〇〇六）という書物の形で、両作家へのオマージュを捧げているからだ。

さらには、幻想的な想像力、とりわけ「夢」も、アイヴァス作品においてきわめて重要なものだが、アイヴァス自身、「夢」の理論化を試みるべく、自分を被験者にして実験を進めている。二〇〇三年以降、アイヴァスは、領域横断的な研究を推進するプラハの「理論研究センター」に所属して研究活動を行なっているが、同僚の科学者イヴァン・M・ハヴェル（故ヴァーツラフ・ハヴェル元大統領の弟でもある）とともに、夢の記録を記した『夢想』（二〇〇八）および『シンドバッドの家』（二〇一〇）はその成果が結実したものだ。

以上、主要な作品を概観したが、アイヴァスは多岐にわたるジャンルで驚異的なペースで作品を発表している。『もうひとつの街』は、豊饒なアイヴァスの文学世界のほんの一部を伝えるにすぎないのがわかっていただけるだろう。

とはいえ、作家が初めて著す作品には作家のすべてが凝縮されているとしばしば言われるとおり、長篇小説として第一作目となる本書『もうひとつの街』は、アイヴァスの作品のなかで重要な位置を占めている。詩集『ホテル・インターコンチネンタルの殺人』、短篇集『老いたオオトカゲの帰還』、小説『もうひとつの街』という初期の三冊は、それぞれ詩集、短篇集、小説といった異なるジャンルではあるが、都市の並行世界という主題で緩やかに連なっており、詩集、短篇集は、『もうひとつの街』の変奏曲ともいえる関係にあり、前二作で展開されたさまざまなモチーフや試みが、『もうひとつの街』に収斂《しゆうれん》されているからだ。たとえば、第一詩集の冒頭を飾る詩篇には「都市」という題名が付けられているが、まさにこのタイトルそのものが、都市、街（とりわけ、プラハ）の錯綜する様相に眼差しを投げかけるアイヴァスの小説世界のひとつの視座を端的に表しているものと言えるだろう。

都市の文学といえば、ボードレール、ベンヤミンといった卓越した遊歩者たちがパリを散策したように、プラハにもフランツ・カフカ、シュルレアリスム詩人ヴィーチェスラフ・ネズヴァルといった遊歩者がいた。プラハ生まれの詩人リルケの『マルテの手記』には、主人公マルテがパリという大都市で「見ることを学んでいくんだ」と述べる一節があるが、アイヴァスの『もうひとつの街』もまた、名もなき主人公が「自分たちの街」そして「もうひとつの街」で「見る」術を会得しようとする書物とも言えるだろう。

アイヴァスは本書のみならず、さまざまな作品を通して、「見る」という主題をたびたび扱っている。中篇小説「ゼノンのパラドックス」には、ある女性が駅で目にした光景を話すシーンがある。駅で鞄を預けた男性が預かり証を紛失してしまい、係員からどういう鞄だったか訊ねられるが、まったく答えられない。ほとんど毎日のように使っていたというのに、形はおろか、色すらも覚えていないという。鞄はどうにか見つかったものの、無事に受け取ることができた男性は鞄を手にするやいなや、まるで見たことのない獣を見るように鞄をじろじろと眺めていたという。その話を聞いたある男性は、次のような話を披露する。

たいていの場合、私たちがモノを見るのは、生活のなかに入りこんだときや、それがまだ異質に感じられるときに限られている。もう何年も用いているたいへん身近なモノはね、じつは自明さという膜で覆われていて、その膜の下は目に見えないんだ。つまり、そういったモノが息をしている、私たちの身体の周りにある空間というのは、雑誌で読んだり、テレビで見たりするような遠く離れたエキゾチックな街なんかよりも、じつは、はるかに謎の多い風景なんだよ。本当のジャングルは近くの風景のなかにある。それは、私たちが一度たりとも離れたことのないジャングルなんだ。(Michal Ajvaz, Zénónovy paradoxy, in: *Tyrkysový orel*. Praha: Hynek, 1997, s. 87.)

SF的とも、シュルレアリスム的とも評されるアイヴァスの想像世界だが、その多くは、「宇宙」や「未来」といった遠い場ではなく、私たちの日常世界を舞台にしている。その際、焦点が当てられるのが「見る」という行為だ。「見る」ことはあまりにも自明で、私たちはそれが何を意味するか意識せずに日々を過ごしている。だが、よく知っているはずの身近な空間が、謎の多い「ジャングル」であったとしたら、私たちはいったい何を「見」ていたのか、と自問せずにはいられないだろう。アイヴァスは、硝子の向こう側にひそむ「もうひとつの街」の存在を仄めかしながらも、じつは、私たちの視力そのものを試しているのかもしれない。このような意味で、『もうひとつの街』は「見えない街（都市）」をめぐる書物でもあるのだ。

また本書では、サメやエイ、それに魚の化身や化け物が次々と登場し、奇異な感覚を呼び起こすが、かれらの側から見れば、私たちこそが「化け物」にほかならない（ちなみに、内陸国であるチェコのひとびとにとって、海の生物はそれだけできわめてエキゾチックな存在だ）。このように、「見る」・「見られる」という問いかけを戯画的に転倒させながら、私たちのあらゆる感覚に揺さぶりをかけるのが、アイヴァスの小説世界の特徴のひとつとなっている（なお、より哲学的な視座から「見る」ということを論じた著作として、『明るい原生林　見ることに関する考察』（二〇〇三）がある）。

だが、本書にはそのような哲学的なモチーフがちりばめられてはいるものの、作品そのものは、思索に沈潜するよりも、むしろ、活劇風に場面が次々と展開しており、いわゆる哲学小説とはまったく異なる趣きを呈している。それは、好きな作家として、トマス・ピンチョンやウィリアム・ギブソンの名前を挙げ、レイモンド・チャンドラー、ロス・マクドナルドといったハードボイルドや探偵小説、あるいはジョン・ル・カレらのスパイ小説を好んで読書してきたアイヴァス本人の嗜好がすくなからず影響しているのだろう。

そしてさまざまな作家や作品との関係性を明示的あるいは暗示的に提示し、それ自体がある種の仕掛け、問いかけになっている点もまた本書の魅力のひとつだろう。ホメロス『オデュッセイア』や老子、さらにはジョゼフ・キャンベル『千の顔を持つ英雄』などの痕跡も容易にたどることができるが、なかでも「書物」そして「図書館」とのモチーフにおいて、ボルヘスとの親縁性は誰の目にも明らかだろう。

さらに、本書の神秘性を高めるうえで重要な役割を担っているのが、本書の隠れた主役とも言える都市プラハだ。プラハ城からワインケラーにいたる具体的な場所を転々としながら、「もうひとつの街」を探し求める主人公の足取りは、神秘的な都市の記憶をたどる歩みとも言えるかもしれない。それは、かつてフランツ・カフカ、グスタフ・マイリンク、レオ・ペルッツといったプラハの幻想文学を代表する文人たちがたどった道でもあるが、アイヴァスは先人たちに引けを取らない想像力を駆使し、幻想都市プラハへのオマージュを試みている。

独創的なイメージ、高度な思索性、ジャンル横断的な世界観、そして都市プラハへの愛情。このような特徴が凝縮された本書『もうひとつの街』は、アイヴァスの小説世界を代表する一作品であるばかりか、ボルヘス、カルヴィーノ、ナボコフといった世界文学の地平に位置づけられるべき作品と言っても過言ではないだろう。

本書の初版は一九九三年にムラダー・フロンタ社から刊行されている。だが当時水道局に勤めていたアイヴァスは校正する時間がまったく取れず、不本意な形での刊行になったという。その後、著者による校閲を経た改訂第二版が二〇〇五年にペトロフ社より発表され、本書の底本にも、同書 *Druhé město* (Petrov, 2005) を用いた。

なお、本書の8章と9章のみ、高野史緒編『21世紀東欧SF・ファンタスチカ傑作集　時間はだれも待ってくれない』(東京創元社、二〇一一) に拙訳が収録されている。短篇集に長篇の抜粋を掲載するという無謀な試みだったが、中東欧文学の代表作としてのみならず、世界文学の地平を切り開く作品として本作は外せないと判断しての掲載となった。その後、河出書房新社の松尾亜紀子氏が同書を読み、『もうひとつの街』の全訳が実現することとなった。校正時にも的確な助言をしていただいた松尾さんには心より感謝したい。

同アンソロジーが示すように、「もうひとつのヨーロッパ」と称される中東欧には、まだ幾多の珠玉の原石が眠っている。本書『もうひとつの街』の翻訳が「もうひとつのヨーロッパ」の時代の到来を告げる新たな書物の序章となることを祈ってやまない。

二〇一二年十二月二十五日

阿部賢一

文庫版訳者あとがき

ミハル・アイヴァスの『もうひとつの街』がプラハで刊行されたのは一九九三年、同書の日本語訳の単行本が河出書房新社から刊行されたのは二〇一三年だったが、このたび、原著刊行から約三十年の年月を経て、文庫としてお届けできることになった。

本書の単行本が刊行された時、ミハル・アイヴァスという作家は日本でほとんど無名の存在だった。だが本作および『黄金時代』(拙訳、河出書房新社、二〇一四)はともに好意的に受け止められ、熱狂的な愛読者の方に何人も遭遇した(なかには『もうひとつの街』をガイドにしてプラハを散策したという人もいた)。この間、アイヴァスの名前が浸透したのは日本だけではない。『もうひとつの街』のフランス語訳(二〇一五)はSF翻訳作品を顕彰するユートピア賞を受賞したほか、同作は今なお毎年のようにさまざまな言語に翻訳されている。

作者の略歴については単行本の「訳者あとがき」を参照していただくことにして、ここでは近年の著作について簡単に触れよう。二〇一一年刊の小説『リュクサンブールの庭園』以降、しばらく小説は発表していなかったが、満を持して二〇一九年に発表されたのが、七百頁を超える長篇小説『いくつもの都市』である。同作は、ストックホルム、オスロ、アムステルダム、コーク、ニューヨークなどの都市の名前を冠した十一章から構成されており、世界をめぐる『もうひとつの街』といった趣があるが、なかでも注目すべきが三百頁にわたって展開する「第九章　東京」である。二〇一三年、二〇一五年、アイヴァスは日本に滞在しており、講演なども行ったが（二〇一五年十一月、立教大学で行った講演録「空虚な中心が織りなす文学――プラハ的なるものとは何か？」は『文藝』二〇一六年春季号に掲載）、その際に刺激を受けたのだろう。実際に彼が滞在した「西池袋」から東京の章は始まっている。その後、二〇二四年には小説『パッサージュ』が刊行された。ライプツィヒのブックフェアでのある出逢いから始まる同作は、ヨーロッパの幻想作家たちに言及しながら、挿話と挿話とをつなぐ幻想文学の「パッサージュ」世界を創出するものとなっている。

哲学者としての顔も有するアイヴァスは、単著『自己形成としての宇宙』（二〇一七）、『ダイナミックなロゴス　世界の意味的構築について』（二〇二三）、イヴァン・

M・ハヴェルとの共著『海に面した部屋』(二〇一七)といった論考も小説と並行して発表している。タイトルだけ見ると、小説とは無縁のように思われるが、アイヴァスにおいて小説世界と哲学的な問いかけは表裏一体をなしている。例えば、『自己形成としての宇宙』では、本書でも重要なモティーフとなっている「雪」をどのように捉えるかについての考察がなされており、アイヴァスの小説を深く理解するうえでの補助線となっている。

このように哲学的な側面も有するアイヴァスの小説だが、『もうひとつの街』は、何よりも、想像力の可能性を存分に感じさせてくれる作品であり、読者を「旅」へと誘う書物である。もちろん、ここでの「旅」とは、異国への旅だけではなく、身近な世界への旅も含まれている。読者の皆さんも、ぜひ、本書を手がかりにして、想像力を駆使した旅へ、それぞれの「もうひとつの街」の探索へ出かけていただければと思う。そう、本書の人物が言うように、「どんなことだって、想像してみればいいんだ。(…)だって、ぼくたちは現実を必要とするほど鈍くはないだろう」。

＊

文庫化にあたり、訳文を全面的に見直した。校正担当の方には貴重な指摘を多数していただいた。そして何よりも、河出書房新社の町田真穂さんにはさまざまな支援をしていただいた。この場を借りて、御礼申し上げます。

二〇二四年八月十五日

阿部賢一

本書は二〇一三年に小社より単行本で刊行された。

もうひとつの街《まち》

二〇二四年一〇月一〇日　初版印刷
二〇二四年一〇月二〇日　初版発行

著　者　M・アイヴァス
訳　者　阿部《あべ》賢一《けんいち》
発行者　小野寺優
発行所　株式会社河出書房新社
〒一六二－八五四四
東京都新宿区東五軒町二－一三
電話〇三－三四〇四－八六一一（編集）
〇三－三四〇四－一二〇一（営業）
https://www.kawade.co.jp/

ロゴ・表紙デザイン　粟津潔
本文フォーマット　佐々木暁
印刷・製本　中央精版印刷株式会社

Printed in Japan　ISBN978-4-309-46807-5

エステルハージ博士の事件簿

アヴラム・デイヴィッドスン　池央耿〔訳〕　46796-2

架空の小国の難事件を、博覧強記のエステルハージ博士が解決。唯一無二の異色作家による、ミステリ、幻想小説、怪奇小説を超えた傑作事件簿。世界幻想文学大賞受賞。解説：殊能将之

フリアとシナリオライター

マリオ・バルガス=リョサ　野谷文昭〔訳〕　46787-0

天才シナリオライターによる奇想天外な放送劇と、「僕」と叔母の恋。やがてライターの精神は変調を来し、虚実は混淆する……ノーベル文学賞作家の半自伝的スラップスティック青春コメディ。解説＝斉藤壮馬

十二月の十日

ジョージ・ソーンダーズ　岸本佐知子〔訳〕　46785-6

中世テーマパークで働く若者、愛する娘のために賞金で奇妙な庭の装飾を買う父親、薬物実験の人間モルモット……。ダメ人間たちの愛情や優しさや尊厳を独特の奇想で描きだす全米ベストセラー短篇集。

連弾

塚本邦雄　42109-4

未来を失った天才ピアニストをめぐる傑作愛憎劇「連弾」、謎めいた女主人が古鏡の彼方へといざなう幻想文学の名品「かすみあみ」など五篇を収録。全集未収録、伝説の短篇集、初の文庫化！

夏至遺文　トレドの葵

塚本邦雄　41970-1

塚本邦雄は短篇小説を「瞬篇小説」と名付けるほど愛し、多くの作品を遺した。その中でも特に名高い瞬篇小説集『夏至遺文』、「虹彩和音」「空蟬昇天」を含む『トレドの葵』の二冊を収録する。

十二神将変

塚本邦雄　41867-4

ホテルの一室で一人の若い男が死んでいた。所持していた旅行鞄の中には十二神将像の一体が……。秘かに罌粟を栽培する秘密結社が織りなすこの世ならぬ秩序と悦楽の世界とは？　名作ミステリ待望の復刊！